DECLAMATION CON-TRE L'ERREVR DETESTABLE DES MALEFICIERS SORCIERS, Magiciens, Deuins, Enchanteurs, Nicro-máciens, leurs suppotz, & semblables &c.

AVX FRANCOYS

ESD. 2. CHAP. I.

Seigneur Dieu, ie me côfesse pour les pechez des en-fans d'Israel, & par lesquels ils t'ont offencé &c. Nous auons esté seduits par vanité, & n'auons pas gardé ton commendement &c.

Les maux que nous endurons pour auoir delaissé Dieu & non obey à l'Eglise ne sont que preparatifs (par nostre obstination) à plus grans par la Magie & Sorcellerie qui couue en France.

CHAP. I.

OMME le Prophete Ieremie poussé de l'Esprit de Dieu au zele extreme de l'amendemêt & salut du peuple d'Israel, reduit en gran-de calamité, parlant à luy s'escrie en tels pro-pos: Sache & voy que c'est vne chose mau- *Ierem. ca. 2*

A

uaiſe & amere, d'auoir delaiſſé ton Seigneur
& ton Dieu: & que la craincte d'icelluy n'eſt
plus logée en toy, dit le Seigneur des armées:
Ainſi, peuple Françoys, pluſieurs crain-
gnans plus Dieu que la pluſpart du vulgaire
meuz non d'vne moins pieuſe affectió de vo
ſtre ſalut, pouroient par ces meſmes raiſons
vous eueiller du profond ſommeil, ou vous
eſtes enſeuelis, dormans en vos delices, abus
& diſſolutions trop a voſtre ayſe, affin de có-
ſiderer par vne plus exacte recherche du
creux de voz conſciences combien vo⁹ a en-
gendré de miſeres auoir abandonné les ſain-
ctes ordónéces de noſtre Dieu, & de ſa ſaincte
Egliſe, pour tracer les ſentiers du Diable le
ſien & noſtre ennemy, par voyes trop ambi-
tieuſes, auares, & charnelles, & auec vn vol-
lage eſprit par trop curieux de nouueauté
d'habis & de meurs, & qui pis eſt de religion.
Que ſi les maux qui de toutes pars nous preſ
ſent ne ſont aſſez pour vous perſuader a de-
plorer & amender la faulte q'uauez commiſe
par moiens tant oblicques: leuez (ie vous
prie) leuez en hault les yeux de voſtre entéde-
ment & penſez a ceux la que le ciel & la terre
menacent de nouueau, & qui beaucoup pires
nous doiuent aduenir, ſi bien toſt par noſtre amédemét, & la prudéce de noſtre Róy,
des Sgñrs & magiſtrats de ceſte Fráce n'y eſt
remedié. Car puis qu'ainſi eſt que no⁹ cóuient

du tout ce que noſtre Dieu dict par le meſme
Prophete: a mô peuple folaſtre ne m'a point
connu:mes enfans ſont ſans auiſement & in-
ſencez: ils ſôt ſages aſſez pour faire mal:mais
ils ne ſçauroient bien faire : en ce qui ſenſuit
peu apres ou le Prophete comme reſpondât
a ce, dict ainſi:b Seigneur tes yeux regardent
a leur foy. Tu les as battus,& ils n'en ont ſéty
la douleur. Tu les as briſez,& ils ont refuſé a
receuoir la diſcipline. Ils ont endurcy leurs
faces plus que n'eſt dure la pierre:& n'ont
voulu retourner a toy:que pouuons noꝰ autre choſe de ce attendre,ſinon que nous doit
(comme a ce peuple mutin)bien toſt aduenir
ce dont les menaçoit le dict Prophete, aſſa-
uoir ruine ſur ruine appellée de Dieu deſſus
nous & dont toute la terre en ſera gaſtée. Et
certe les appareils en ſont fort grands,non
d'vne télle perte ſeullemét ou naufrage qu'a-
uôs ia enduré par l'orage de ces dernieres tê-
peſtes excitées par le vent furieux de trois ou
quatre apoſtats:mais d'vn degaſt & deſola-
tion(ce ſemble,de toute la terre) non ſeullement noſtre,mais auſſi eſtrangere:puis que
la ſource des grands malheurs qui de pres
nous talonnent,eſtend ſes peſtilencieux ruiſ-
ſeaux ia preſque par tout l'vniuers,ſans reſi-
ſtence,& va trop plus auant que la racine des
trauaulx qu'auons ia ſouſtenus.

Combien est grand le crime des Sorciers, Magiciens, Deuins & semblables.

CHAP.   2.

ET affin que plus long temps ie ne vous detiéne suspens par vn desir de cónoistre ce grand mal qui nous pend sur les yeux: I'entens parler de l'execrable erreur des Maleficiers, Sorciers, Enchanteurs, Deuins, Magiciens & leurs complices, qui se renouuelle & rengrege de iour en iour en ceste France comme ia il est trop auencé par tous endrois du monde: crime si grand, forfait si detestable, & que tout homme doit auoir en tel horreur, que la memoire ou le nom seul d'icelluy, luy doit faire herisser les cheueux en la teste, grincer les dents, & trembler les genoux, oyant nommer la chose la plus odieuse au souuenir, la plus grieue à soustenir, & la plus sacrilege & blasphemants contre son createur qui se puisse de bouche prononcer.a Car qu'esce autre chose malefice ou Sorcellerie & semblable art de superstition, sinõ vne vraye apostasie, vn peché de blaspheme, vn crime de leze Maiesté Diuine,b le plº grãd qu'on sçauroit trouuer? Par lequel qui en est attaint, trahissant Dieu aux despés de sa pauure ame, il fait hommage à son aduersaire le

a 26. q. 7. can. *Non obseruetis.* 10. Gerson. *inartic. Parisius damnatis to. 1.* b *sorcelerie en son genre & mesmes*

Diable: luy mefme s'attribuant ce qui eft pro
pre à fa feulle Maiefté, tafchant à fe rendre
admirable, & côme digne d'eftre adoré, ainfi
que faifant chofes furpaffentes les forces en
l'Efprit de l'humaine nature : ains pluftoft
apartenantes à quelque diuinité ? Et cefte
grande impieté, combien qu'elle foit engra-
uée au cœur de la plufpart de cefte farine
d'hommes remplis d'orgueil & d'vne amour
de foy mefmes : Aucuns toutesfois ont efté
tant aueuglez par impudente prefumption
qu'ils ont au fé publiquement fe venter eftre
vrays Dieux : Les autres a tout le moins eftre
les grands mignons, fecretaires, ou archipro
phetes de la fouueraine puiffance & diuine
Maiefté. Qui fait que plus affeurement nous
difons ces autheurs de Magie & de Sorcellerie plus auencez au vice que tout autre homme mortel, auoir grande conuenence auec
le peché de Lucifer qui s'eft voulu attribuer
l'honneur deu à Dieu feul, & pour lequel il
fut precipité du haut trofne des cieux aux
profonds & tenebreux enfers.

en quelques
circunftan.
eft plus grãd
que celuy
d'Adam.
Iacob. fpreu
ger in Ma-
les Malef.
part.I.q.14
Exemple de
Simo le Ma
gicien en
Abd. Ba-
byl. lib.1.
hyft. Apoft
ce Egefip.
lib.3.c.2. de
Excid. Hie.
Idem Abd.
lib.6. de Z.s
roe & Ar-
fexat Nicep.
Eccl. hyft.
lib.3 cap.11
de Aleuan-
dro.
Ifa. 14.

CHAP. 3.

Les actes excecrables des Maleficiers, Nicromantiens
Sorciers, Magiciens, Deuins, & femblables.

A iij

Fr. Georg.
veneti de.
harmo. mũ-
di. cãt. 3. to.
4. cap. 3. cic.
1. de diuin.

Exẽp. de
Hermog. in
vitas. Taco
Abd. lib. 4.
Apost. hist.

Exẽp. apud
vlric. Mol.
Tra. de la-
miis, &c.

T E L est le Magicien, tel est le Ma-
leficier, le Sorcier Deuin, En-
chanteur, & semblables, qui par
leurs ars infernaux veulent predire les choses à aduenir: (con-
noissence qui appartient à Dieu seul) reueler
les choses occultes & passees: se rendre inui-
sible ou autre chose que soy : se transporter
subitement d'vn lieu en autre bien distant:
aller comme a cheual sur vn baston, vn
loup, ou autre beste: guerir (sans aucune medecine) les maladies des corps: voller en l'air:
se transformer où les autres, en quelque beste ou autre semblence : representer comme
vifs ceux qui sont morts, & les faire parler:
produire sur terre choses nouuelles c'est adire comme nouuellement par eux crées, soit
tout ce en verité ou apparence : mais quoy
qu'ils en soit en tel estime du cõmun peuple
deuant les yeux desquels passent tels nou-
ueaux faicts, qu'aucuns en croyent la pluspart, & que mesmes les plus sçauans se trou-
uent aucunement empeschez d'en bien re-
souldre, & a la verité: sinõ que les plus sages
& Catholicques submettent ce au vouloir, à
la puissance, & a la cõnoissance de Dieu seul,
qui pour certaines causes, & par certains
moiens a nous cachez, peut bien permettre
au malin esprit (qui maistrise telles gens) de
faire la pluspart de tous ce en verité. Et oultre
cela lesdits malheureux reprouuez nuisent

aux mortels par milles autres cruelles &bou
reilleres inuentiôs, le faifans ainfi craindre
&redouter pour eftre reuerez,foit par amitié
foit par force:comme excitant tempeftes en
lair, la pluie, ou la grelle pour froiffer les
fruicts de la terre:faifant venir famine ou la
pefte fur vn pays.Ils baillent auffi des lan-
gueurs,& maladies incônues:ils empoifon-
nent,& enforcellent:ils font mourir hômes
& beftes foient prefens, ou abfens,foit par
poifon,ou foit par charmes & fans aucun at-
touchement,enuoiant mefme quelque fois
leurs Diables aux corps humains quant Dieu
le permet.Ils rendent la femme hayneufe &
impuiffante d'engendrer à fon mary:ils font
auorter celle qui a conceu en fon vêtre,fou-
uent leurs propres femmes,ou fi elles font
forcieres, elles mefmes en foy font telle cruauté & rauiffét (ceux qui font les plus excellans bourreaux en ceft art)les petis enfançôs
pour les confacrer au Diable:ou les bouillô-
nent pour en tirer la greffe à leurs vfages, ou
bien en fuccent le fang tout vif a fans efpar-
gner(s'ils peuuent les tenir en fecrets)non
plus les grands,n'y leurs propres enfans. Ils
corrompent les ieunes pucelles : ils trom-
pent la veüe, ils affopiffent les fens:ils troublent l'entédemét,&affectiônét les fantafies.
Ils réuerfent &maifôs &chafteaux:ils s'acoi-
tent eux mefmes,& lient auffi les autres auec

A iiii

Vlric. Mo-
litor tract,
de lamiis,
& c.haefer.
omnia pro-
bat.

Exép.Mal.
Malefic.2.
q.1.cap.10.

Io. Nider
in formic.li.
5.cap.3. Ma
lens Malef.

a Exép. de
Iulien l'aps
ftat en So-
zom. hift.
tripart. lib.
6.cap. 47.
& Niceph.
hift.Ecclef.
li. 10.c.35.
b Tertul.l.
de omnia.
Exép.de Iu
das Patriar
che des Iuifs

le Diable par vn demefuré appetit, & effect
deluxure. Bref il n'i a mechanceté au monde
qu'ils ne foiét hardis à commettre (affin que
ie parle auec vn qui eftoit leur proche parét)
dont ils font infinis maux, & encore, qui pis
eſt, vſant, ou abuſant pluſtoſt des Sacremens
& ſaintes choſes bien ſouuent pour mieux
emmanteller leur malice (induicts à ce par
leurs demons) pour plus faire de dépit s'ils
pouuoient, au Createur qui leur a donné &
l'eſtre & la ſanctification. Ce qu'il permet
pourtant (comme toute autre impieté) pour
pluſieurs cauſes q̃ nous toucherons tantoſt.

*Que les Sorciers Maleficiers &c. ſont pires que tous
autres Heretiques plus à fuir & punir.*

C H A P.   4.

Oyla (Peuple François) ce qui
couue & croupit au milieu de noſtre patrie, machinant les maux có
tre nous, dont ces beſtes enragées,
non pas hommes, ſcauent cóbler ceux qu'ils
veulent, & Dieu le permet. Que pleuſt à ſa
Maieſté qu'ils ne tinſſent couuertemét eſcol
le de leurs mechancetez en la ville capitalle
de ce iadis noble Royaume. Mais puis qu'ils
ſont tels, qui eſtce qui ne les fuiroit plus que
la peſte cruelle, eux qui infectent tout? Qui

Margin notes:
Magicien.
Epipha. contra haref. li. 1. ſect. 30.
Nider in form. lib. 5. cap. 9.
Exemp. de Marcion Iren. lib. 1. aduerſ. hareſ. cap. 9.
Prophir. vt refert fr. Georg. venet. de Harmo mundi cant. 3. to. 4 cap. 6.
Lactan. lib. 2. cap. 18.

ne les eftimeroit dignes d'infinis tourmens
& fuplices, puis qu'ils font fi cruels & reuef-
ches a tous? Qui eft le Royaume, la republi-
que ou les Magiftrats qui ne deuroient eftre
fongneux à rechercher & punir griefuement
tels monftres diaboliques, puis qu'ils font
tant pernicieux au public. Ce font ennemis
trop plus peruers, & beaucoup plus à redouter & craindre, que ne font pas, ne furét onc-
ques tous autres feullement Hereticques.
Car à peine pourroit on trouuer de milles
vne centaine d'autres errans qui fciemment
peuffent faillir en ce qu'ils croiét. Tous prefque eftiment auoir bon fentiment du fait de
la religion : & s'ils auoient autrement fiché
en leur cœur q̃ ce dont ils font publique pro
feffion : il eft credible qu'incôtinant, aucuns,
chanteroient le contraire , & rentreroient
dedans le girô de celle qui les a chriftianifez,
l'anticque Eglife. Lefquels d'abondant quât
par arreft de la iuftice font executez: ils e-
ftiment eftre martirs de Dieu , tant fort le
pere de menfonge leur à charmé ou filléles
yeux de l'Efprit. Mais ces execrables creatures premiers difciples de ceft abominable,
Simon Magus, chef de toute herefie & mé-
chanceté, dicts à bon droit Maleficiers pour
la grandeur de leurs enormes actes, & decla-
rez communs ennemis de falut, d'vn franc
arbitre qu'ils auoient, fe font libremét voüez

*Aug.
Eufeb.lib.2
cap. 13. Ec-
clef.hiftor.
L.Nemo C.
de malef.&
mathem.26
q.5 can. nec
mirum.
L. Quicun-
que.C. eod.
Bulla Innoc
pa.in li.Ma-
le.malef.*

& confacrez au Diable ennemy de nature:ils
fe font adonnez du tout à luy , renians d'vn
mefme courage leur Dieu createur pour ac-
complir leurs fufdittes malheureufes entreprifes par le moyen,la rufe,la force,& la malice de celuy auquel ils fe fót afferuis. Ce que
faifant ils ne peuuét ignorer qu'ils ne nuifent
auec tout ce grádemét à leur prochain:qu'ils
corrompent plufieurs chofes, & abufent des
creatures de Dieu:bref qu'ils s'acquierét dá-
nation eternelle,comme à ceux la qui les fre-
quétent, & qu'ils faignent foulager par la cu
riofité de leur art.Et pource i'aufe hardiment
encor les prononcer plus deteftables en tout
genre d'iniquité & mefcreance que les rudes
idolaftres,lefquels par ignoréce n'ont pas có
nu,comme ceux cy,les moyés de paruenir au
falut.

Pourquoy plufieurs fe font Sorciers, Magiciens &c.
Et pourquoy Dieu permet au Diable & à fes mem
bres faire tant de chofes execrables & nuifibles,
lefquelles toutesfois fouuét il empefche ou deftruit.

CHAP. 5.

Galat.cap.
3.& 4.Ia-
cob.de valé.
Tract.3.ca.
1.regul..8
prologi in E ce nous pouuons iuger que tout
ainfi comme par le Baptefme nous
fómes incorporez auec Iefus-Chr.
& faicts enfans adoptifs de Dieu pour rece-

uoir l'heritage eternel & celeste:ainsi ceux cy
l'ayant renié,& presté le serment au Diable,
ils se rendent vrays enfans de ce prince d'or-
gueül,& pere d'enuie, non par creation ou
nature:mais par imitation de malice,auec v-
ne insatiable curiosité de sçauoir ce queDieu
ne veult estre connu de l'homme, & moins
encore practicqué, & ce font ils ou pour acquerir gloire mondaine : ou pour auoir des
biens terrestres:ou pour assouuir leur incre-
dible lubricité : ou pour auoir moiens plus
aptes à se venger,& nuire à ceux qu'ils hayét:
bref estimant nullé chose de ce monde leur
estre à souhait,de laquelle ils ne iouyssét,s'e-
stans mis vne fois à l'abandon, & baillez en
gages au Diable, qui s'attribue la seigneurie
du monde: duquel toutesfois ils sont tât peu
fidellement recompensez, qu'on voit à l'œil
telles gens le plus souuent estre en leur vie,
& plus encore à leur mort,tresmiserables &
malotrus. A ces fins toutesfois ils s'establis-
sent ministres souuerais &premiers vassaulx
de l'Antechrist, a l'aduenement duquel S.
Paul escript deuoir estre selon les œuures de
Sathan en toute force,signes& prodiges mé-
teurs,& en touté seduction d'iniquité: notát
expressemét qu'é special cest pour ceux q doi
uét perir, d'autât qu'ils n'ót pas receu la chari
té deverité pour être sauluez. Etpource(dit S.
Paul) Dieu leur éuoira vn œuure d'erreur &

Psal.
Iob.ca. 41.
Sap. 2.

S. Brigitta
lib. 6.reuel.
cap. 82.
Aug.26. q.
4.cañ. Scisti
dit li.de na.
demo. Por-
phir.lib. 2.
de animaliũ
abstinãt.

Math.c.4.

Exép. en
Niceph. li.
10.c.34. de
Iulien l'Ap.
En S. Bri-
gitte li. 6.c.
76. & plus.
in speculo &
matre hist.
en Io.fr.Pic.
Mirand.li.
4.prenot.c.
9 M. Minuc.
in Octa.

a 2.Thess.2

tromperie (cóme sont les faux miraclesque
le diable fait par leurs mains)à ce qu'ils cro-
ienta mensonge, a fin que tous ceux qui n'ót
creu à verité: ains se sont ioincts à l'iniquité,
soient iugez. Tels sont vrayement ceux cy
qui croyent au diable, qui font plusieurs signes & actes supersticieux & tres infames,
voire & des meurtres inhumains,& semblables cas plus que Barbares, en vertu & cóme

b Athan.
ser. 3. cótr.1
Arrian.
Augustli.
10.de ciuit.
dei.cap.16.
c Io.Gc.t.1
in Artic.de
Mag. con-
dénat. art.
17.
d Aug lib.2
de Genes.ad
lit.c.17.lib.
de ciuit.cap.
7.Thom.22
q.96.
e Guit. Pa-
ris.lib. de
leg.16.
b Tertul.de
Idolat.
Aug. lib.3
de Trin.
cap.7.
c Iob.41.

par proprieté naturelle desquels leur maistre
leur fait accroire que vsant à ce de certains
mots , ligatures , ou characteres charmeurs
ils feront œuures qui sont outre le commun
cours de nature,& qui leurs semblent mira-
culeuses: Combien que quant ils en font de
telles,b ou ce n'est que par apparence presti-
gieuse, imaginatiue , & abusiue: ou bien si
c'est en verité c (comme il aduient quelque-
fois) d ce n'est en vertu de telles superstitiós
e (qui ne leur sót pcurées de leur seducteur,
que pour amusement & hommage). Mais
en recompense punitiue& supplice d'icelles,
comme de c'est hommage par eux fait:b estát
la cause operéte de ce, la seulle agilité & puissance du diable (qui toute autre force mor-
telle surpasse) ou naturellement par luy de
Dieu receue en sa creation:ou bien à luy de
nouüeau en ces cas octroyée, par la permis-
sion de Dieu, Lequel luy donnant, à nostre
chastiement, ou probation, telle licence sur

ces miferables forciers, &le pouuoir de faire,
ou reueler chofes qui autrement cóme à eux
tant impoffibles qu'inconnues : (combien
qu'il ne luy lafche la bride de faire tout ce
qu'il voudroit ou pourroit bié):il nous don-
ne à connoiftre par ce, qu'il y a donc des malins Efpris, contre lefquels nous auons beaucoup a batailler , & qu'auons grand befoin
de fon ayde. Mais d'autrepart il punit auffi
l'infidelité & les autres vices actuels de ces
difciples du diable : comme au femblable il
prend végeance de noz pechez, par les maux
qu'ils nous font endurer: ainfi que tous autres Tirãs & Hereticques: ou bié pour efprou-
uer la pacience de ceux qui n'ont merité telles angoiffes &tortions comme celle de Iob:
& pour voir la conftance & la Foy de ceux
qui font fpectateurs de telles piteufes trage-
dies, ou de leurs faits qui tirent les hommes
en admiration: auffi pour aduertir par ce les
fidelles que pour rien ils n'ayent à faire telles
chofes ou pour augmenter les merites des
bons où pour finallement manifefter la gloire de Iefus-Chrift,en vertu du fainct nom du
quel, comme du figne admirable de fa Croix
des faincts Sacremés,d des prieres de l'Eglife
e mefmes dé l'eau f,ou du paï benis ff,les pré-
tres g & exorciftes d'icelle fouuét dechaffent
telles maladies tels fais,& illufiós diaboliqs:
Dieu hónorant ainfi, & par mefmes moyens

f Auguft.
de Trinit.
lib.3.cap.7.
10. Damaf.
lib.2.cap.4
Greg.diale.
lib.3.cap.21
g Clem.Rc.
lib. 4 .reco-
gnit. ad Ia-
cob. Frat.
domini.
Vlric. Mo-
lit.de lam iis
q.8.
Auguft.li.
10.de ciuit.
dei.c.23.
Aug.li. de
diuina de-
mon.cap.3.
Iob.cap.1.
Pet. lomb.2
fentét.dift.7
Aug.lib.3
de Trinit.
cap.7.
Vlric.Mol.
Tract. de i.
miisquefi.8.
a Marc.c.16
b Epiph.To.
2.lib.1.her.
3.Aug.li.
83.q.79.
Tho.22. q.
90.art.2.

c Beda li.3.ca.31.in luc.8.ex ép.Bri.li.6.ca.80.

d *Matt.* 17
Iacob. 5.
c *Exēp.Caſ*
ſi.hiſt. trip.
lib.9.ca.34
f *Exē. Abd.*
Babyl. lib.
1.hiſt.invi-
ta S. Petri.
ff *Decōſid.*
diſt.4. can.
Sacerdotes.
g *Tert. de*
coron.mil.
& lib.de a-
nima. Aug.
l.devit.bea.
h *Marc.16*
i *Exēp.caſ.*
hiſt.trip. li.
7. cap. 39.
k *Aug.li.*
vno de nat.
boni aduerſ.
Manich. c.3
Cypr.lib.de
idol. vanit.
l *Iob.* 40.
Pſal. 103.
m *Cyril.li.*
6.c.6.in Io.
n *Exod.*7.
8.*&c.*
o *Ieron. in*
Ioel.23.q.5
Iacob.deva
lēt.inpſal.8

ſes ſacremēs ſa ſainⷱe parolle,ſon Egliſe,&
ſes vrays miniſtres h auſquels il a baillé puiſſance deſſus tous les eſprits immundes & malins,i cóme eux meſmes ont quelquesfois có
feſſé. car le diablek bō de nature mais mechāt
de propre volunté, l & ce dragon que Dieu
a fait en la mer de ce monde,m pour ſe moc-
quer de luy,tournant ſa mechante volunté à
noſtre grand proffit & à ſa gloire:n cóme autrefois il s'eſt ioué de Pharaó(figure d'icellui)
par ces miraculeuſes playes:duquel il fait ſē-
blablemēt le fleau,l'inſtrumēt,& l'executeur
de ſa iuſte fureur,q s'eſtend deſſus no°en pluſieurs moiés deſquels nous ne doubtonspas.

Pourquoy le Diable vſe cōme d'vn inſtrument prin-
cipallement de la femme pour faire ſes plus gran-
des mechanteZ, comme les Sorcelleries.

CHAP. 6.

OR plus fait ce malin eſprit des maux
quant à ſon regard,& d'executió de
la iuſtice diuine par le moié de ceux
qui ſe ſont aſſeruis ſoubs ſa puiſſance,ſoit par peché commun (en ce que tels
troublent & attirent les autres en leurs
meſmes façons) ou ſoit par ceſt enorme
crime de curieuſe ſuperſtition,en ce quaceux
qui en ſont attainⷱs,oultre l'orreur des vi-

ces cómuns, dontils font auffi tous farcis, le
diable fe fert fpeciallement d'iceux comme
de fidelles fergeans pour exploicter fes plus
pernicieux deffains, mieux qu'il ne feroit pas
par foy mefmes tout feul:& font grádement
duifibles tels engins à fa bouticque:veu que
toute action fe parfait plus cómodemét auec
vn inftrument propre à la productió d'icelle,
que fi on befógnoit fans ayde d'aucun outil.
Et tout ainfi comme Dieu à bonne fin vfe
fouuent des fecondes caufes pour operer en
nous ce qui luy plaift, comme du miniftere
des anges, ou des Apoftres, ou des Sainčts,
defquelz auffi s'eft aydé Iefus-Chrift pour pu
blier fon Euangille. Ainfi femblét au diable
autres caufes fecondes plus aptes & commo-
des a fonvfage pour molefter les autres creatures (fpeciallement raifonnables, qui viuét
foubz l'obeyffance, & la crainte de Dieu)par
autres creatures quelquefois leurs femblables, en abufát d'icelles par depit de leur createur, &en defdain de ceux pour lefquels tout
a efté creé:mais principallement fachant bié
que les hommes fe donneront moins de garde d'eftre trópez par leurs femblables, que fi
tout feul il les affailloit, ou armoit & pouffoit
quelque autre befte contr'eux. Qui eft l'occa-
fion pourquoy ceft efprit cauteleux, a voulu
feduire la mere du gérehumai foubz le corps

2 *Genef.* 2.
b *Iob.* 2.
c *Tob.* 2.

d'vn Serpět & l'homme premier Adam auec
toute fa pofterité par le moyen de fa propre
femme, & s'eft efforcé d'induire ces bons per
fónages b Iob & c Tobie a impaciéce ou mur
mure de la tribulation ǫ Dieu leur enuoyoit
par les iniures & reproches que leur faifoiět
leur femmes : duquel genre d'inftrument il a
de cóuftume d'vfer en fes plus grádes & ini-
ques entreprifes, cóme eft remarqué en main
tes hiftoires : dont n'eft de merueilles fi plus
on trouue de femmes Sorcieres que d'hommes, eftant la femme plus curieufe fragille &
facile à feduire, plus apte à perfuader quelǫ
nouueauté, & plus fongneufe à l'executer,
que n'eft pas l'homme : raifon (ce femble) peremptoire & de mife pour allouer en

*Tertul. lib.
de Idol.*
*Mich. Pfel
lus.*

compte de verité l'opinion de ceux qui ont
efcript ce fubtil tétateur eftre amoureux d'i-
celles. Au furplus n'a il pas auffi fuborné &
feduit tous les Gentils par l'inftrument des
Philofophes & des Poëtes vains & fabuleux,
qui par leurs inuentions plus diaboliques
ǫ naturelles, ont fait venir en vogue, & main
tenu l'Idolatrie des faux Dieux & Deeffes?
Ainfi vfe il encore (comme prefque il a fait de
tout temps) de plufieurs : Mais principale-
ment de femmes foubs l'appas de l'admirable & en tout genre de mal tres-puiffante art

a *Heb.ca.*2
*Ioan.*12.

de Magie & Sorcellerie pour recouurer fa
dignité depuis l'aduenement de Iefus-Chrift
perdue

perdue entre les mortels , b se seruant de ces miserables comme l'oyseleur de quelque oyseau lié par le pied contre les filetz tendus pour attraper les aultres.

b Frā. Pic Mirand.li. 7. de rerum prænot.c.4.

Les trois arts qui ont seduiėt le monde dont la principalle est la Magie, & de son origine.

CHAP. 7

Ar ces trois la, assauoir la Philosophie seullement naturelle & babillarde des Payens, la Poësie mensógere & furieuse, & la Magie sur toutes arts execrable, ce sont les trois espris immundes semblables aux raynes c que l'Apostre S. Iean escript auoir veu sortir de la gueulle de ce grand dragon qui est le Diable, & de la gueulle de la beste qui est la trouppe des mechans hómes brutaux & abestiz, & de la bouche du faux Prophete qui est ou Mahómet ou l'Antechrist, d si nons croions aux saincts docteurs sur ce passage, desquels l'interpretation est authentique : par ce que voyons auoir esté fait, & se practicquer tous les iours.e Car ces Philosphes afin d'eterniser l'idolastrie & paganisme ont denómé les elemens du mondel, es Asttes les Estoilles, & les Cieux, les iours mesmes & les mois par les Noms de leurs faux Dieux, par l'influéce desquels corps celestes, & proprietez elémétai-

c Apocal. chap. 16.

d Rupert. & Dion. Carth.in Apocal.

e M.Minutius in ėta. Laėt.fir.li. 2.ca. 5.14. Niceph.hist Eccl.lib.14 cap.19.idē fere de Magis pers.

Niceph. hist
Eccl. lib. 14
ca. 19. idem
ere de Ma-
gis Pers.

res, plusieurs choses ont leur vigueur, & sõt
aucunes naturellemẽt produites en lumiere
voulans par ceste appellatiõ tels effects estre
attribuez à la presumee diuinité desdicts faux
Dieux, desquels ces corps celestes portent le

Rem. ca. 1

Nom. Ꝺ Et pource S. Paul parlant d'iceux
Philosophes escript qu'eux soy disans estre
sages, ont estez de grans fols, euanouis en
leurs pensees, en ce qu'ils seruoient plustost
aux creatures, qu'a leur createur: dont ils ont
estez baillez en sens reprouué, cõme estans
réplis de grãdes vanitez & souilleures, tous-
iours bié nageans sur les eaues de transitoire
vanité: a(telle qu'est leur art ne seruant rien à
salut) & cacquetant au reste sans nul proffit

Plato in
Phædro.

comme grenouilles dans leurs maretz & les
Poëtes ont estez ceux qui enseignez de l'esprit mesme d'impurité & furie ont tainôts

Lact. fir. Iu
stin. li. 2. ca.
9. 10. 11.

leurs carmes furieux dedans le lac de maintes impudicitez: appellans dieux & deésses
ceux & celles qui estoient signãment en leur
vie bruslans du feu de lubricité, ou bien enflez d'ambition, ou plustost fameux & l'vn
& l'autre vice inuocquans soubs noms par
eux mesmes inuentez les furies infernalles,
& les espris impudicques pour leur estre fa-
uorables en leurs pöesmes qui n'ont rien de

Abrah.
Auenãrça
doft. Iud. le
ron. li. 1. cõ.
Dau. ca. 2.

bõ suc: mais sont garnis seullement de babil,
& pourfilez de tresgrande mõdanité. Et quãt
aux Magiciens Sorciers ou Maleficiers & séblables (cõprins tous soubs vn mesme nom)

lefquels ont leur origine des le temps de Ia-
red fixiefme en ligne apres le premier hóme:
& depuis plus authorifez par vn Affur cómu
nement nómé Zoroaftres fils de Nembroth:
eftant leur art infame forty vrayement de la
gueulle de ce Dragon mentionné, d'autant
que ç'a efté par la curieufe cófabulation d'a-
uec le diable que l'hóme a efté imbué de telle
impieté: ie trouue q̃ ce font ceux la qui principallement ont retenu en leur erreur les Payens par faulfes inuentiós, & fimulez miracles, par lefquels ils pipoient les cœurs de
ces idolaftres, tant pour l'admiratió de leurs
rares & non vfitez faicts, que pour la cómo-
dité temporelle ou charnelle qu'ils preten-
doient par ceft art de Magie. Et pource par-
deffus tous les aultres cy deffus dicts ont ils
eftez cófizen tref-vaines & non moins fottes
curiofitez cóme auffi la plufpart fouillez d'infecte lubricité a q̃lquesfois exercee auec les
mefmes efpris de fornication. Dedans tous [a]
lefquels vices aux vns & aux autres fufdicts
cómuns, ils ont eftez tous plongez comme
grenouilles au plus creux de quelques eaues
marefcageufes, & d'vn villaï bourbier: [b] leur
cóuenant en ce, & pour ce regard par S. Iean
à eux fort dextrement appropriée, lappel-
lation de grenouilles.

Epiph. li. r.
to. I. in prin
cip. cötr. hæ
ref.
Polyd. virg.
lib. I. de
Iunct. rer.
cap. 22.
Plin. lib. 30
hiſt. nat. ca.
2.
Cyril. A-
lex. lib. 4.
cöt. Iulia-
num. Eufeb.

[b] Parmaſ.
li. 4. in A-
poca.
[c] Apocal.
cap. 16.

C H A P. 8

MAis entrons plus auant en la con-
templation de la reuelation my-
sticque de ce diuin Prophete à ce
que nous puissions voir combien
nous deuons detester cest art infame de Magie : & cóbien loing sont a euiter plus q̃ bestes cruelles to⁹ Sorciers & autres sectateurs
d'icelle. I'ay veu d (dit-il en son Apocalypse)
vne autre beste monter de la terre, qui auoit
deux cornes séblables a l'agneau , & parloit
cóme le dragon, laquelle faisoit toute la puis
sáce de la premiere beste, de laquelle la playe
de mort a esté guerie, & a fait de grans signes:
de sorte que mesmes elle faisoit descendre le
feu du Ciel en la presence des hómes, & a se-
duicts les habitans de la terre, a cause des signes qui luy sont permis estre fais en la presence de la premiere beste. O grands myste-
res & non legerement a peser. Voicy deux
bestes métionnees, dont la premiere est Antechrist chef principal de tous les enchanteurs. Par la secóde est entendue l'art de Magie & semblable ou bien selon aucuns la bá-
de & cómunauté des mechans auant-coureurs, deuanciers, & ministres de cedict miserable : que par c'est art feront plusieurs si-

gnes & prodiges, vrayement iuſtemét beſtes Pſal.4ż.
appellez, puis qu'ils ont dépouillé la robe
d'honneur de la raiſon , & fermé l'huis à la
grace de Dieu, de laquelle ils auoient eſté
par luy veſtus & douez en leur creation &
bapteſme, & qu'ils ſe ſont rendus par leur
propre malice, plus vils, & de pire condition que les beſtes irraiſonnables, leſquelles
retiennét leur naturel, & recognoiſſét (pour
tant farouches qu'elles ſoiét) touſiours leur
maiſtre & bien-facteur eſtant vne fois apri-
uoyſees. Mais ces brutaux Sorciers, ceux
principallement qui ont eſté autresfois do-
meſticques de Ieſu chriſt, s'aigriſſét côtre, nó
ſeullement leur bon maiſtre: mais auſſi leur
createur & redempteur, ayás au reſte maintes aultres conditions des beſtes cruelles
eux encore plus cruels, & ne ſuiuans rien autre choſe que l'apetit deſordóné de leur ſen-
ſualité brutalle. Auſſi ceſte fameuſe Sorciere
tant renómee entre les Payens, a eu le bruict
de changer telles gens (hómes d'apparéce)
en beſtes bruttes, non tant à la verité d'exi-
ſtence corporelle: que pource que ceux qui Virgil.in
alloient à ſa cópagnie (eſcolle de toute im- Bucolic.
pudicité) ſuiuoient pluſtoſt la trace de be- Eglog. 8.
ſtes ſenſuelles, que d'uſer du frain de la no- Boeti.lib.4
ble raiſon. de conſolat.
metro.3.

Par quel moyen l'art de Magie est creue entre les hommes.

C H A P. 9

E T ceste beste, dict S.Iean, môte de la terre. Car telles gens terrestres & charnels, par la puissance du Diable, & des biens terriensqu'ils ont acquis par son moien, môtent en opinion de soy-mesme & par orgueil s'esleuent contre Dieu, Ils se font grands, aucuns, en se rendans admirables entre les fols sensuels par leurs œuures inusitees, n'espargnans auec ce n'y forces, n'y richesses terrestres pour cefaire des autres mortels accroire, suiure & honorer. Par laquelle ruse quelques vns d'iceux se sont aduencez & intruz iusques a la principauté & des Royaumes & des Empires tant hault sont ils montez: mais pour deualler apres ceste vie,& quelquefois en icelle & eternelle misere dôt par cest art mesme sur to⁹, les Perses les Bactrians & les Ægiptiens ont maintenu pour vn temps, leurs Royaumes & republicques: establissant escolles ouuertes de ceste sciéce, ou ils faisoient instituer leur ieunesse, ceux speciallement qui estoiét de plus noble côdition, car tel estoit le vouloir du prince (pour lors) du monde lucifer, auquel ceste idolastre antiquité rendoit ses vœux, luy ser-

Plin.secûd.

Alexâd. ab Alex. lib.2. Geniali.dier. cap.25.

uant en diuers metz de ſuperſtitiõ. Et parce ceſte beſte,ſoit le Diable, ſoit la Magie,
receuoit lors vn pluſgrãd hóneur:I'excepte
toutesfois les Empereurs de Rome qui ont
eu ceſte gloire d'auoir fait peu de conte de
ceſte tenebreuſe vanité: ſi ne retirons d'vn ſi
grand nombre vn Numa Pompile premier
Romain inuenteur de maintes eſpeces de
deuiner,& autres ſuperſtitions voyſines de
ceſt art: & depuis la venue du ſauueur a vn
Neron,qui toutesfois en fin a eſprouué la va
nité d'icelle: b mais deſſus tous ce malheureux Iulien l'Apoſtat,lequel par cóuoitiſe de
regner l'ayant apriſe en cachette, en a fait
preuue plus hardiment que les autres. Que
ſi à laueu de ces grans perſonnages ceſdicte
beſte de Magie a prins authorité ſur les hõ-
mes:c moins n'ont fait pour icelle quelques
anciens Philoſophes qui l'ont tenue en ſinguliere recómandation,& enſeigné aux autres,ſpeciallemét a ceux de Grece,& d'Italie
l'ayant, apriſe des nations lointaines & e-
ſtranges, ou ils auoient voyagé. Et pource
moins de peine a elle euë à ſ'eſpãdre par l'v-
niuers,que plus excellans eſtoient ceux la q
l'annonçoient par tout, cóme vn Platon,vn
Pytagore,vn Empedocle & deſſus tout vn
Democrite & ſemblables.

Ruper.li. 8.
cõm.in A-
pocal.cap.13
Plutar.iiı e-
ius vita de
viris illuſtr.

Plutar.in
eius vita de
viris illuſt.

a Plin.lib.
30.hiſt.nat.
cap.2.
b Niceph.
Eccleſ. hiſt.
lib.10.cap.
34.& 35.

c Plin.li.30
cap.1.

Les Empiricques Medecins, les Vrinaires, ou Phisio-
nomiastres, les Prononsticqueurs, & Almana-
tistes suspects en Sorcellerie, la font valloir. Et
quand elle sera en sa plusgrande authorité.

C H A P. 10

Ceux-la n'ont point nuit les Medecins anticques qui l'ont quelque fois aussi practicqué en la
guerisó (qu'ils estimoient) d'aucunes maladies autremét incurables, & en
coniecturant de l'issue de toute espece d'in-
firmité: si n'a elle esté toutesfois(en ce qu'elle
fait a la diuination) en moindre estime aux
Astrologues & Mathematiciens, qu'a tous
ceux la, lesquels, to⁹ d'vne mesme affection,
s'en sout, aydez bié souuent, ne fut ce q̃ pour
se moustrer plus admirables & gentils cópa-
gnós en leur art, qu'ils n'estoiét pas. De sorte
qu'aucuns ont voulu dire icelle auoir prinse
sa source & son cómencement de telle am-
bitieuse curiosité en ces anciens la tróp sin-
guliere, & remarquée: d'autãt q̃ cest art, prin-
cipallemét, de Sorcellerie, en ce qu'elle séble
apporter guerison, & valoir à la prenuncia-
tion des choses qui séblent à aduenir, és façons q̃ dirós tantost, elle a non mediocre af-
finité auec les disciplines de medecine & d'a-
strologie, ce q̃ faict craindre q̃ ceux la, voire
en ce téps cy mesmes soiét imbuez de ceste

Magie, lefquels par la feulle infpection des
vrines, ou des phifionomies iugent, fans ef-
couter n'y manier les patiens, à la verité &
feurement de toutes maladies en quelque
part du corps humain qu'elles foient : cela
n'eftant en la puiffance de leur art ou qui o-
perent, côme empiricques a la curatió d'vn
mal fans bonne raifon de l'art de medecine :
ceux auffi qui par le mouuement feul des
eftoilles, veullent predire tous cas futurs,
cachás foubs le nom de leurs arts liberaux,
dont ils fe difent feullement profeffeurs l'infame l'exercice de cefte peftilentieufe fuper-
fticion Sorciere. Ainfi doncques petit à petit
à prins croiffáce cefte befte, & a par fa courfe
legere finallement penetré fi auant, qu'elle *Plin.*
eft paruenue iufques en noz Gaules des long
temps a, i'aufe bien dire (quoy qu'il ne le fé-
ble à voir) prefque paffée par tous les cli-
mats da la terre, retenant encore de prefent
en plufieurs endroits mefmes de la chreftiété
fa premiere vigueur du paganifme : combien
que tant finement & à couuert cela fe manie
fpeciallement en cefte France, ou y a encore
plufieurs bons princes & gens de bien, que
n'eft la femme Sorciere comme pour telle
fouuent par fon mary, l'enfant, du pere, n'y la
feruante, de fon maiftre. Mais quant l'Antechrift fera arriué, lors elle fera pl⁹ manifefte,
& en fa plufgrande vigueur : alors vn nóbre
infiny de Sorciers & Sorcieres feront en cre-

Exode 7.

dit pour vn temps (helas qui leur fera bien
cher vendu)auec leur Roy & Capitaine:cô-
me il nous a esté prefiguré en Pharaon, auec
lequel regnant en Ægipte estoient en bruict
vn Iannes & vn Mābres grans maistres con-
nins en cest art, qui l'oprimoiét ensemble le
peuple de Dieu. Ce qu'il ne fault pas estimer
estre fable ou mensonge, puis qu'ainsi est q̃

Math. cap.
24.

noſtre Seigneur Iesus Christ a predit qu'a-
prochant la fin de ce monde,& cest Antechrist voulant,tout a descouuert, esleueroit
pluſtoſt dilater, ſon Empire, pluſieurs faulx
prophetes (tels que ſont tous Deuins, Sorciers,&noz prononſticqueurs de neiges fō-
dues ou à fondre,qui mentét le plus ſouuét)
feront des ſignes admirables, a tant que, ſy
faire ce pouuoit, ils ſeduiront les esleuz de
Dieu: ce qu'il fault vrayement entendre ſpe-
ciallemét en la vertu de cefte beſte hydeuse,
laquelle auſſi pour ce regard eſt ditte parS.
Iean auoir deux cornes.

Qui ſont les deux cornes,ceſt adire les ſupoſts & fau-
teurs de ceſte beſte Magie.

C H A P. II

Ar qui ſont ces deux ſuſdittes cornes de ceſte ſeconde beſte ſinon
les appuys & ſupotz de l'Ante
chriſt meſme & de Magie repre-

sentez par les deux plus insignes Magiciens,
qui soient pource métionnez és sainctes lettres, scauoir est les susdictes Iannes & Mambres, qui ont seruy cóme de deux cornes à
Pharaon (figure d'Antechrist) pour resister
a Moyse & Aaron en faisant semblables signes qu'iceux en la presence de ce Roy inic-
que de son Peuple Ægiptien & des enfans
d'israel, afin que voyans ces cas semblables,
ny luy, ny ses subiects ny mesmes les Israelites (s'il s'eust peu faire) ne recónoissent non
plus la puissáce de Dieu (indice en ce & argument de sa volunté) aux miracles de Moï-
se, qu'aux signes de ces deux malheureux, &
que demeurans par ce en doubte, fussent les-
dicts Israëlites retenus, & engardez d'aller
par les deserts sacrifier au Souuerain Dieu,
ou il les appelloit. Dont nous retirós en có-
sequence q par ces deux infames seducteurs
& rebelles nous est represétée toute la troup
pe de leurs semblables Magiciens & infidelles speciallement hereticques, qui par ce
mesme art, ainsi que par argumens cornus,
empechent les spirituels Israelites (cupides
de la diuine có templation) d'abandóner les
tenebres de ce monde sensuel, pour aller és
lieux solitaires sacrifier leurs corps par œuures de penitence, & dedier leur ame à Dieu
par vne plus ardente charité. Ce sont ceux la
mesmes, lesquels brouillans les cerueaux fá-
tasticques d'vne infinité de doubtes nubi-

Exod. 7. 8.
& cet.

leufes empechent les inconftans fe ioindre à
Dieu par vne viuè foy & folide: lefquels engardent auffi les autres non plus fideles , at-
tains de quelque maladie, ou perte de biens,
& pouffez d'vne legereté, d'auoir en Dieu
ferme efperance, quant voyant tels pipeurs
fe venter de bailler guerifon, de reueler vn
l'arrecin, ou ce qui eft inconnu, & de faire
quelques tours de paffe paffe, ils ont recours
à iceux pour auoir, ou fçauoir par leur arti-
fice ce qu'ils defirent, pluftoft qu'a Dieu en
leur neceffité, ou qu'a fes faincts, qui font de
vrays miracles, ou aux moiens dont vfe l'E-
glife: ne pouuans telles gens infirmes en la
foy(difcerner, que ces enchanteurs, qui fem-

Cyril. A-
lex.li.7.ca.
8.in Io.vi.
Plin.li.30.
cap.2.

blent faire le mefme)ne font ce credit vrays
miracles:mais feullement en apparence de
verité pour mal & pour feduire, cóme leur
maiftre Satan. Ne plus ne moins que ceux
auffi qui preftent l'oreille aux hereticques,
ne peuuent remarquer quelle eft la vraye ou
fauffe Eglife: q faict que par ces deux moiens là ces malins leuent leurs cornes côtre
l'aigneau immaculé Iefus Chrift. Mais plus
apertement (pour le prefent) ces derniers
hereticques qui regnent en ce temps cy : lefquels auec leur Pharaonicque Antechrift,
ceft adire par tyrannicque violence, retien-
nent le monde en grand erreur, f'oppofans
contre le vray Agneau fufdict , en faifás apte
guerre à fes faincts, par force, par armes, par

tromperie, & repugnance à la verité.

Description des Sorciers & Sorcieres Magiciens & hereticques de ce temps cy.

CHAP. 12

E ces deux mesmes cornes, qui ne diroit S. Paul auoir expressement parlé côme par prophetie quant il aduertit son disciple de ce qui de-uoit aduenir vers la fin de ce monde? voicy ces mots ou semblables: aux derniers iours (dit il) les temps seront fort dägereux, pour-ce que les hommes seront amateurs de soy-mesmes, côuoiteux, superbes, blasphema-teurs & desobeissants a leurs parens, ingrats, mechans, sans bonne affection, sans paix, faulx accusateurs, paillars, cruels, sans benignité, traitres, arrogans, enflez d'or-gueuil, aueugles, & pl° amateurs de volupté que de Dieu mesme: ayans bien quelque ap-parence de pieté: mais renonçans la vertu d'icelle: & pource fuys telle maniere de gens. Voila les tiltres d'honneur & blasons de ces magnificques Apostres du Diable, lesquels ie voudrois chacû côgnoistre aussi bien leur vrayement côuenir que ceux qui les ont fre-quentez ou bon gré ou malgré soy, comme aussi ce qui sensuit au mesme texte seble estre dict precisement des mal'heureuses femmes

Timoth. 2.

a Euſeb. Ec
cleſ.hiſt.lib.
2.cap. 13. qu'ils ont ſeduites & attrapées au trebuche
de leurs impietez a ſeló la mode de leurs deuanciers diſciples de leur grand docteur Simon le Magicien:femmelettes chargées de
peché (dit S.Paul) qui ſe laiſſent conduire à
diuerſes cóuoitiſes (cóme teſmoignét leurs
ſuperſticieuſes curioſitez) touſiours aprenã-
tes,& iamais ne paruiennét à la cógnoiſſáce
de verité. Puis pourſuiuant il dict encore de
ces Seducteurs & tout ainſi que Iannes &
Mambres ont reſiſté à Moïſe: ainſi ceux cy
repugnent à la verité gens corrompus d'entendement,reprouuez en la foy. Ne ſont ce
pas la les viues couleurs deſquelles ſont fort
gétimentpaincts nos hereticques libertains?
Mais mieux encore ſont elles ſeantes aux
meurs de nos Magiciens, de nos deuins ,de
nos Pronóſticqueurs , ſuperbes , & de nos
Sorciers, & Sorcieres. Leurs rais barbarés,
leurs geſtes impudens , leurs* diſſolutions,
leurs traitres deſſains,leurs actes execrables,
leurs propos vains , mocqueurs , & méſon-
gers ſoient raportez à ce que dict l'Apoſtre,
& on vaira s'il y a rien de different. Tels ſont
les nœuds & durillons des deux cornes horribles de ceſte móſtrueuſe beſte. Ie ne veux
pas toutesfois nier qu'aucuns conſiderans
q̃ l'Antechriſt a deux peuples ſoubs le ioug
de ſa loy ,auſſi bien que noſtre Seigneur Ie-
ſus Chriſt,interpretent leſdictes cornes des
Iuifs & des Gentils,qui ſont encore pendus

au crocq d'incredulité & d'idolaftrie menás
la guerre a ceux qui tiennét le party de Iefus-
Chrift:car telles gens font auffi les vrays fu-
pofts du Diable, & ne s'efpargnent moins q̃
les autres à charmer,enchanter,& enforceler
ceux qu'ils peuuent cóme font foy plufieurs
hiftoires. Et pource comme tels & comme
eftás rebelles en la foy,ils font féblablement
de l'efcolle de ces deux Iannes & Mambres.

*Les Magiciens & Sorciers fe veullent faire fembla-
bles à l'agneau Iefus-Chrift.*

C H A P. 13

R tous ceux-la appellez pour ces
raifons iuftement cornes de l'art
Magicienne, font dicts encore en
ce féblables à l'agnéau qui eft Iefus Chrift,ou pource que l'Antechrift prince
de Magie,eft le chef des Iuifs & Gentils infi-
deles cóme Iefus Chrift de ceux qui fe font
régez à la foy:ou pource que ces enchâteurs
font chofes cóme luy admirables & veullét
auffi acquerir par ce moien pareil bruit &
honneur que luy mefmes. Auffi ce Dragon le
Diable/duquel ils font fectateurs(s'eft il pas
voulu (ceft habille lourdault) faire egal au
fils de Dieu quant il a dict. Ie monteray &fe-
ray femblable au fouuerain:a mefme raifon
eft ditte cefte befte Sorciere parler en la façó

Ifa. cap. 14

du Dragon. Car telles gens brutaux difent
en leur cœur (cóme ils demóftrent par leurs
œuures) qu'ils veulent fe parangonner a Iefus Chrift, & ce par leurs faulx miracles &
diuinations, à l'execution defquels, comme
de tous leurs mechans faicts ils emploiét les
mefmes blafphemantes parolles & inuocations qu'ils ont aprifes de leur precepteur ce
Dragó Diable. Finallement (dit S. Iean) cefte
befte faifoit la mefme puiffance que la premiere: car quel eft l'Antechrift, tels font fes
alliez & confors. Mais ce fera (dit-il) en fa
prefence, c'eft adire en fa vertu diabolicque
qu'ils feront telles chofes puiffantes. Ce que
voyant les hommes ignares & mal conditió-
nez ils adoreront cefte premiere befte, en la
puiffance & au nom de laquelle tels fignes
merueilleux fe feront.

Qu'il femble qu'Antechrift aproche. Et en quelle for-
te les Sorciers font hypocrites & ne font en verité
tout ce dont ils fe ventent, defquels qui s'ayde ou
lés frequente il fe damne, eux ayant la confci-
ence corrompue.

C H A P. 14

Doncques troys & quatre fois ma-
l'heureux Sorciers & Sorcieres, Magiciens & Deuins, Race peruerfe de
l'Antechrift & femence du Diable, ennemis
de

de Dieu, & premiers fauteurs d'vne si grande impieté & plus qu'Idolatrie, Officiers,
Bedeaux, Heraux d'armes, & trompettes du
filz de perdition, lors qu'il comparoistra en
personne visible, pour enioler & seduire le
monde, declinant au cours de ses vieilz ans.
Ausquelz temps las combien pres semblons
nous approcher, puis que voyons estre ac-
comply la plus gráde part de ce que ce saint
personnage nous à (comme auons veu) pre
dict? & si ne nous contentons de l'oracle de
ce diuin Prophete: sainct Paul nó de mediocre authorité, nous apprendra qu'auons ia
plus d'vn pied dedans la barque de ceste der
niere & miserable saisoh : & que pour le
moins les auátcoureurs de cedit Antechrist
font ia en campaigné pour commencer à
dresser l'eschaffaux sur lequel ilz entendent
auec leur price sanguinaire iouer leur cruel- 21. *Tim.* 4.
le tragedie. L'esprit, dict cest Apostre, m'aduertit apertement qu'aux derniers temps au
cuns se desuoyeront de la foy, s'applicquans
aux espritz d'erreur, & aux sciences des Diables, mentans en hipocrisie, auec vne cons-
cience corrompue, deffendans de se marier,
& d'vser des viandes que Dieu a creées pour
en manger auec action de grace. Qui ne se
persuaderoft Chrestiens François, cest orage
& tempeste d'hommes endiablez estre tóm
bée sur les foibles espaules de ce siecle deplo
rable, puis que voyons cela sortir son plein

effect, maintenant que par tant de moyens
vn si grand nombre d'hommes & femmes
se desbandent de la fidelle troupe des vrays
Chrestiens & Catholicques, pour guerroyer
contr'eux souz les enseignes desployées de
ie ne sçay quelz espritz d'erreur, espritz vola
ges & de contrarieté: b & d'autant que plus
y en a de ceste ligue enregistrez en leur rolle
plus à bon droict augméte nostre suspicion
que ce monde approche pres de sa fin : mais
ou est la science plus diabolique que la Magie, l'Enchanterie, Sorcellerie & diuination,
mesmes tous ceux qui font profession cou-
uerte ou manifeste de ces maudictz arts, ont
ilz moyen plus commode à esblouyr & tró-
per les fantasies des simples, que fiction &
hypocrisie? & qu'ainsi soit, font ilz pas sem-
blant de faire des miracles, & autres tours
c qu'en verité ilz ne font, comme de faire ap-
paroistre & parler vn mort d (comme se van
tent les Necromantiens) de sortir d'vn lieu
clos, ou entrer sans creuasse, n'ouuerture, &
tirer du vin d'vne muraille : de creer quelques choses, quoy que selon aucuns Autheurs ilz puissét produire de nouueau quel
ques petites bestiolles corruptibles comme
Raynes, Mousches, Vers, Erignées, & semblables, qui plustost viennét de quelque corruption des Elementz, des vapeurs & de l'hu
midité de la terre à cause de la pluye, par la
force aussi humectante de la Lune, & l'ar-

b Aug.
epist. 80.

c Cyril.
Alex.
lib. 7. in
Joan. ca.
8.
d 26. q. 5.
cap. Nec
mirum.
e Albert
magnus.

deur du Soleil, ou du mouuement orbiculai-
re des Cieux, amenées en ieu, & repreſentées
au beſoing par leurs Diables, que de leur art, Auguſt.
lib. de ſpi
ritu &
anima.
ou du ſeul pouuoir diabolique, lequel ne s'e-
ſtend ſi auant que de paruenir iuſques à la
creation de quelque choſe pour tant petîte
qu'elle ſoit. Ilz ſe vantent dauantage de tráſ- Exemp.
Fauſtin.
clem. l. 10
recognit.
Exemp.
Vincent.
in ſpecu.
natur. l.
3. cap. 109
26. q. 5.
can. epi.
muer vrayement & de faict vn homme en
autre forme, ou en beſte brute, ou autre choſe en autre ſubſtance : car auſſi de pouuoir
predire ce qui apres vn long temps doit có-
tingemment aduenir, & de guerir maladies
de toutes ſortes incurables au medecĩ : mais
tout cela n'eſtant en verité de leur part, ſort
pluſtoſt de la puiſſante forge du Tout-puiſ-
ſant, & qui ne peult eſtre tiſſu d'autre màin.
Que s'ilz ſemblent bailler gueriſon à quel- En quelle manie-
re les Sor
ciers ſem-
blent gue
rir les ma
lades.
que maladie deplorée : c'eſt ou ſçachant
par l'inſtruction damnable de leur maiſtre
d'enfer la proprieté des herbes qu'ilz appli-
quent à la medecine qui peult naturelle-
mét profiter à telles infirmitez : ou c'eſt plus
toſt en oſtant le mal & la douleur qu'eux-
meſmes par leurs ſorts & leurs ſemblables, Cyp. lib.
de Idol.
vanit. M.
minu. ĩ
ecta.
ou (pour toucher au but) leurs Diables qui
veulent contraindre par ce les hommes à les
adorer, ont procurez au patient, d'autát que
ces eſpritz malings peuuent faire mal : mais
iamais bien, ſi ce n'eſt en ceſſant d'affliger ce 26. q. 7.
can. ad-
moneant.
qu'ilz tourmentoient au parauant, & pourtant proprement ilz ne gueriſſent, n'eſtant

Ainſi eſt-il des larreçins que leurſdictz Diables ou leurs compaignons a ont perſuadé
de faire, leſquelz par conſequent ces deuins
peuuent bien quelque-fois par la relation
d'iceux congnoiſtre, b comme pluſieurs autres choſes par eux ou autres ia commiſes
ou commencées ſans le ſceu ny deſdictz deuins, ny de ceux qui les interrogét, en ce pendant par telles feintiſes de quelque commodité apparente qu'ilz promettent aux hommes, pluſieurs peu fidelles à Dieu courent a-
pres eux, & les embraſſent comme benefi-
ciers : pluſieurs contre tout droict, leur de-
mandent ayde & conſeil, ne ſçachans pas les
pauures miſerables, que pour ſauuer leur
bonnet ilz perdent la teſte, pour l'ayſe du
corps ilz donnent leur ame, & pour vn eſcu
perdu ou deſrobé retrouué, ilz ſe font perte
de ceſte precieuſe marguerite, pour laquelle
acquerir les ſpirituelz enfans de Dieu ven-
dent & donnent tout ce qu'ilz ont. Que trop
mieux leur vaudroit d'attendre auecques pa
tience comme Iob & le vieil Tobie, l'ayde
de Dieu mandiée par la faueur de quelques
Sainctz, & par les ſuffrages de l'Egliſe. Car
c'eſt celuy, dict Iſaye, qui met au neànt les ſignes des Deuins, & tourne en furie les con-
iectureurs, renuerçant les ſages (par opinió)
ſan-deſſus-deſſouz, & rédant folle leur ſcien
ce. C'eſt luy qui bleſſe & qui guerit, qui mor-

En quel-
le ſorte
ilz deui-
nent.
a Aug.
lib. de na
tura dæ-
monum.
b De ces
deuine-
mens voy
ãplement
26. q. 4.
can. ſcien
dum.

Leui. ca.
20. Deu.
cap. 18.
26. q. 2.
can. Qui
ſine & q.
5. ca. Qui
diuinatio
nes. ca.
Nec mi-
rum.
L. nullus
c. de ma-
lef. & ma
them.
Io. Ger-
ſon. li. de
errorib us
circ. mag.
30. dicto.
Mat. c. 13
Iſa. c. 44

tifie & viuifie. Et penſez vous que ne ſçachent pas bien tout cela ces maudictz Sorciers & Sorcieres, comme tous ceux auſſi
qui ſe meſlent de deuiner, mais ilz ſont (com
me dict ſainct Paul en ce lieu meſme) tant
corrompus d'affection & conſcience, qu'il
n'eſt de merueilles ſi aucun remord ne les 1. Reg. 2.
poinct, ſi mille ſyndereſe les eſguillonnent,
nulle aduerſité, nulle peine ſeuere, ou dou-
ce remonſtrance les peult induire à repen-
tance, & à faire penitence d'vne infinité de
meurtres inſignes, & autres forfaictz qu'ilz
commettent de iour en iour , & qui pis eſt
moins encore ont ilz contriction des ames
qu'ilz ont contre toute pieté corrompues,
gaſtées & tuées, les conſacrant àleurs Diables. Ce que font ſur tous quelques ſages *Iacob. Spr.*
femmes ou belles meres, qu'on appelle, Sor *in Naleo*
cieres des petitz enfançons, à peine eſcloz, *mal.*
& par elles tirez des entrailles de la mere, ou
bien en frequentant auec les autres par trop
familierement, pour les abreuuer ou ſoula-
ger de leur meſme art.

En quelle ſorte les Sorciers deffendent ſe marier,
ou eſt parlé de leur enorme paillardiſe,
& d'vſer des viandes.

C H A P.   15.

AV surplus sont ce pas ceux-là mesmes qui engardent de se marier, & qui le deffendent, non tant de parolle, que par effect, quant auec leurs malefices, ou par morceaux enuenimez, ou par superstitieuses ligatures & certains autres charmes, ilz procurent vne ie ne sçay quelle inimitié, hayne ou desdain entre le mary & la femme, & font tant qu'ilz ne se peuuent conioindre à la procreation des enfans, qui est le premier but de mariage? Quãt ilz attirent aussi par leurs breuuages amoureux, par leurs infectueux regards, & autres infiniz moyés, plusieurs en leur amour charnel, & plusieurs autres autrement chastes & pudicques qu'ilz accouplét par vn lien trop libidineux, auec ceux ou celles qui de ce faire les ont requis & sollicitez ? & quant ou eux le plus souuent, ou autres quelque fois par eux charmez, se contentans d'vne charnelle cohabitation auec leurs semblables Sorciers & Sorcieres, & mesmes auec leurs Diables Asmodiens, nõmez par les antiques payens Faunes, Syluins, Driades, Naiades, Pans, ou Satyres, & par noz peres de religiõ Iucubins, communs presque à toutes Sorcieres, & Succubins pour les hommes Sorciers Ni soient visibles en forme de corps humains, ou auec quelque corps d'vn mort, meu & a-

gité par ces Diables (demourans toutesfois
fans vie) ou bien foient inuifibles, par la vio
lence feulement d'vne impreffion & illufion
fantaftique, ne fe fouciët de paruenir au premier ou au fecond lict de mariage, ou d'auën-
ture s'ilz fe marient, ce n'eft que par honte,
par contrainéte quelque fois de leurs parés,
ou par autre neceffité, ou bien pluftoft pour
mieux couurir & affouuir leur def-mefurée
lubricité. car moins ne s'efforce ce vilain efprit de fornication à faire fauffer la foy de
mariage, qu'à deflorer le blanc liz de virgini
té. Sont ce pas auffi ceux-là qui empefchent
d'vfer des viandes que Dieu nous a créées,
quant ilz les affaulcent d'vne poifon pour
s'en ayder à leurs forcieres entreprifes? Quát *Vlric.moli-*
par leurs charmes & facrileges inuocations *tor Tract.*
ilz font tomber la grefle, la bruine, ou la té- *de lamiis,*
pefte deffus les grains & fruiétz de la terre? *&c.*
mais principallement quant ilz font perdre
l'appetit à ceux que par leurs forts ilz bour-
rellent? car certes lors les pauures langou-
reux ne peuuent vfer d'aucune viande, com
me n'agueres a efté veue vne ieune Damoy-
felle au pays de Rethelois en tel defgoute-
ment de toutes chofes propres au viure, que
elle a efté l'efpace de plus de quatre moys
fans rien vfer à nourriture, ny feulemét aual-
ler, long temps abandonnée des medecins,
aueugles en fon mal, duquel finallement elle eft expirée en vne extrefme langueur, fei-

che comme bois, maigre plus qu'vn heron,
legere comme vn oyseau, pasle ainsi qu'vn
drapeau, & plus rechignée que parchemin
qui gresille pres le feu, dont ie laisse à penser
si telle fin chetiue estoit causée du sort commun de nature plustost que de l'empoison-
nement de quelque vilaine Sorciere.

Qu'il semble que sathan soit dechesné & enuoyé
pour seduire les meschans, en punition
des abus.
C H A P. 16.

Elas Chrestiens & chers François,
voyant ces insignes & estrãges for
faictz mixtionnez de tant d'autres
heresies, & brouillez auec vne infinité de vices & abus, dont est maintenant le
monde enyuré, mais sur tous pays ceste Fran
ce qui porte le diuin tiltre de treschrestienne
qui ne diroit donc ceste horrible beste premiere cy dessus dicte, ce Dragon, ce Sathan
estre deslié en ceste arriere saison, en ce téps
cy dernier & miserable, que plus le monde
va en auant, plus vn chacun se precipite au
gouffre de toute impieté ? Ie laisse là en arriere les pechez(qu'on dit)de mesnage. Seulement ie demande, où est iustice maintenãt,
ou sont les blasphemes, les vsures, les Simo
nies, les heresies, les incestes & paillardises,
les meurtres coustumiers, les sacrileges a-

perts, les Sorcelleries punies? Où est le Prince qui viuemét & pour le seul nom de Dieu,
ou le zele de son antique religion espouse la
cause, & prenne la querelle pour son Dieu &
pour son Eglise? Que sert l'espée pédue aux
flancs du gentilhóme, s'il ne l'employe d'vn
roide bras pour la tuition de la vertu, & la
deffence de la foy paternelle contre les mu-
tins & rebelles ennemis de Dieu, de l'Eglise,
de pieté & sainĉteté? Et ou est la grauité, la có
tinence & honnesteté de l'estat de prestrise?
la fidelité du marchant, la simplicité du La-
boureur, & la pudicité de la femme? mais
qui ne verroit que plus allans noz vices en
augmentant, tant plus aussi les forces de ce
Sathan redoublent dessus nous, & plus de li
berté luy baillons nous comme aux siens, có
tre nous mesmes? Certes si Dieu, qui est la
mesme bonté, ne nous auoit laissé encore vn
peu de semence, & de la race des gens de bié,
voire de tous Estatz, & de tout sexe, nous au
rions iuste occasion de nous persuader que
voicy le temps duquel sainĉt Iean a encore *Apoc.c.12*
prophetisé malediction deuoir aduenir sur
la mer, c'est à dire sur ces incóstans pecheurs
principallement Sorciers & heretiques, qui
sont amers, turbulens & tempestatifs, comme les vagues de la mer: & sur la terre, voulant entendre ces gens cy mesmes ou leurs
semblables hommes terrestres, sensuelz, secs
& arides, à faulte de la grace de Dieu.

Malheur à ceux-là, dict ce Prophete, pourtât
qu'en eux le Diable defcend auec grande co
lere: mais ce non tant, poffible, par prefence
perfonnelle, qu'exerçant deffus eux fon malheureux pouuoir, fouz lequel eftant ainfi
afferuis que pourroient ilz bien faire? Quelle fincerité de vie attendons nous de ceux-là
qui font pouffez & conduictz par vne fi ini-
que violence? Voyez auffi comme leurs œu
ures furpaffent les bornes de toute pieté, de
raifon, d'humanité: ou n'y a iuftice, ny mefu
re, n'equité. Depuis que non feulement ilz
ont baillé lieu en foy à vn tel feditieux, tiran:

Origen. ho-
mil. 16. in
numer.
mais de propre volonté ont employé leurs
forces, & fait plus que deuoir de l'inuoquer
& de l'attirer à ces fins par leurs charmes &
horribles admiratiós? Dieu d'autrepart qui
eft iufte vengeur de leurs precedentes impie
3. Reg. e. 22.
tez & mefchantes volontez, mefmes pour
chaftier noz fautes, luy baille licence de venir á eux, & de les poffeder par fa puiffance,
comme autresfois du temps qu'auec tous a-
bus regnoit Achab, & cefte mefchâte Royne forciere Iefabel, il le licencia à fa requefte
de s'éparer des faux Prophetes d'Ifrael pour
eftre efprit de menfonge en leur bouche, &
les deceuoir tous tant qu'ilz eftoiét. Au fem
Ifa. ca. 10.
blable en Ifaye parlans morallement du Dia
ble fouz le nom d'Affur, qui fignifie traiftre
ou heureux, tel qu'eft le diable, nul autre trai
ftre ayant efté doué de telle felicité naturelle

que luy, Dieu dict malheur à Aſſur, qui eſt la
verge de ma fureur, & mon baſtõ en la main
duquel eſt mon indignation. Ie l'enuoyeray
à vne gent trompeuſe. Ie luy bailleray charge contre le peuple de ma fureur, à celle fin
qu'il emporte les deſpouilles, & rauiſſe la
proye, & le mette à fouler ſouz les piedz cõme la fange des rues. Cela vrayement François, comme iadis a eu lieu par Sennacherib
ſur les pecheurs de Iudée, leſquelz il a rui-
nez, ainſi a il faict ſa deſcharge deſſus nous,
quand le Diable eſt venu pour deceuoir les
trompeurs, Enchanteurs, Sorciers & heretiques, qui ſont au beau milieu de nous, ex-
ploictans deſſus noz teſtes la iuſte fureur de
noſtre Dieu, par noz vanitez trop aigrie &
irritée dont nous ont eſtez rauis les biens,
la gloire, la vie. & qui plus eſt les ames d'vn
nombre infiny de noz freres, proye & deſ-
pouille autrefois faicte par noſtre fort Capi-
taine Ieſus-Chriſt contre le prince des tenebres. C'eſt, di-ie, deſſus nous desbordez &
encharnez à tout vice, entre leſquelz noſtre
aduerſaire cornu commence mieux que deuant à deſcocher plus viuement les fleſches
de ſon yre, que ſur toute autre natiõ, commé
il faict congnoiſtre par les abominables
faictz de ſes propres membres qui ſont entre nous, ces Sorciers, faux chreſtiens & heretiques, leſquelz comme ayãt vigueur d'vn
meſme eſprit de contradiction tant aſpre-

Note que
Aſſur auec
aſpiration
ſignifie noir
cy, ou feu de
liberté, qui
ſont Epithe
tes fort con-
uenables au
Diable. Et
eſt icy enten
du Senache
rib interpre
té le buiſſon
de deſtru-
ction, ou du
glaiue, par
lequel ſont
entenduz
les faux iu-
ges & here
tiques ſelon
ſainct Hie-
roſme à la
gloſe.
Iuxta illud
Luc. II.

ment nous trauaillent. Et tant plus contre tous se monstre il maintenát enflambé, que moins de temps il scait ou se doute d'auoir à pouuoir plus nuiré aux hommes, & à receuoir son dernier metz par l'arrest du iugement general, alors que, a comme dict le Prophete, le temps de sa visite sera venu, & sa gloire embrasée ardra tout ainsi comme la braise du feu.

Apoc. 12.

a Isa. 10. d

Comme le Diable est maintenát lié pour les bons, & deslié pour les infidelles, speciallement Sorciers & heretiques. En l'abysme de la malice desquelz il est precipité.

C H A P. 17.

Ioel. cap. 2.

L T ne faict contre ce que disons, qu'en ce Testamét nouueau regnát le souuerain Roy des roys le Diable deuoit estre chassé bié loing de ses subiects, seló la promesse faicte par nostre Dieu aux fidelles de ceste Eglise, quand le Prophete Ioël dict en ces motz, Dieu a zelé, c'est à dire ardemment aymé sa terre (qui est l'Eglise) il a pardonné à son peuple (l'ayát racheté de son precieux sang) & luy a dict : Ie vous enuoyeray du froument, du vin, & de l'huyle (qui est son precieux corps & son sang souz les especes de pain & vin, dont l'huyle de sa misericorde

nous decoule) & ne serez plus en risée contre les Gentilz (car ilz se conuertiront) & ie
chasseray bien loin celuy qui est d'Aquilon,
c'est à dire, selon l'aduis des plus doctes, le
Diable qui se vantoit deuoir estre assis en Clsa.ca.14
la montaigne du Testamét, au costé d'Aqui-
lon:mais que nous represente Aquilon, sinó
vne region froide & seiche? Par ce donc est
bien prouué & demonstré qu'il habite aux
cœurs refroidis & destituez de la chaleur du
feu de charité. Aussi s'ensuyt il que nostre
Dieu dict encore par ce mesme Prophete. Ie
le pousseray en vne terre sans chemin, & de-
serte. Telz sont, à vray dire, les cœurs de ceux
qui sont vains, secs & tepides, ou Dieu n'habite point, & charité ardente ne trouue place pour s'y loger, & parce le Diable demeure encore en ceux-là. En laquelle demeure sa
puanteur, c'est à dire, ses pestiferes tentatiós,
auec l'infection du consentement à icelles,
doit monter iusques au hault degré de leur
raison, de sorte qu'elle en sera toute infectée a Aug. in
& pertroublée. a C'est là proprement le lieu Psal.26.
mesme ou sont les vrayes tenebres spirituel-
les, desquelles le Diable est dict le Prince, & b Apoc 20
ou il faict sa residence. b Il est ce nonobstant
vrayement lié & garrotté par la main de ce
grand & fort Ange de lumiere , Ange du
Testament nostre sauueur Iesus-Christ.
De maniere qu'il semble en ceste façon ne
pouuoir plus nuire aux fideles Chrestiens,

& qui ne le iugeroit eſtroictemét enchefné
voyant tant de ieunes enfans,& de filles de-
licates,tant de vieillardz & femmelettes ca-
ducques,le fupplâter tant en religion qu'autrepart,par leurs vertus,& l'aufterité de leur
vie ,contemnans les allichemens & vanitez
&de la chair & du monde?combien de Martirs, combien de Confeſſeurs, combien de
Vierges &chaftes mariez ou en veuuage luy
tiennent ilz le pied fur la gorge,par vne fincerité de vie? Combien de preftres ou exorciftes le deiectent ilz des corps , ou autres
lieux qu'il poſſede,mefmes, & par abfolutió
des pechez confeſſez, du plus profond des
ames, efquelles par puiſſance au parauant il
e Cyril. Ale
xan.lib. 4.
ötra Iulia. refidoit? c Il n'oſe s'approcher de tous ceux
là qui font par trop diſſemblables à fes mali-
gnes complexions : mais eftant reſerré pour
ceux-là,il eft deflié,& iecté dans l'abiſme du
cœur puant, & de l'ame infecte & profonde
en malice des tenebreux pecheurs : comme
en fpecial de ceux qui plongez au lac de tou
te infection mentalle & corporelle exercét
obftinement ce pernicieux eftat de Sorcelle
rie,ou malefice, abiſmé de malice fupreſme,
& gouffre le plus órd & vilain , le plus ob-
fcur & profond en toute impieté qu'ó pourroit eftimer.

Petite digreſſion ſcauoir ſi le Diable ſe faiɛt publicquement quelque part adorer, depuis la venue du Sauueur, & de l'apparence de vraye religion dont pluſieurs ſont ſeduiɛtz.

C H A P. 18.

AV par-deſſus bien eſt amoindrie la puiſſance & hauteſſe de ce prince orgueilleux, lequel eſtoit deux mille ans n'ya pas paſſez, eſleué par tout l'vniuers au hault degré d'honneur, ſoy faiſant publiquement adorer és Idoles, par les plus grandz Princes & Monarques du monde, a & qui depuis par Ieſus-Chriſt decheant grandement de ceſte indigne excellence eſt dict tóbé en vn abiſme, d'autant que tel honneur qu'au parauant ne luy eſt plus apertement rendu és temples ſacrileges &prophanes:ny les ſacrifices ne luy ſont plus faiɛtz ſolénelz comme de couſtume,b quoy q̃ quelquesAutheurs(poſſible chatouilleux en ceſt endroit au faiɛt de la Religion)comme venans & racontans nouuelles de loing pays , & pource penſant eſtre mieux diſpenſez à bourder à leur ayſe, nous veulent faire accroire qu'encore en quelque partie des Indes comme en la grande ville de Calicut,il tienne ſon ſiege, ſouz vne hydeuſe forme, ayant ſur ſon chef

a Rupert.li.
11. cap.20.
cóm.in apocal.

b P. Beaḍ
ſuau li.hiſt
prodigioſ.
poſt verſonianũ,Paul
venut.Lud.
patrı.Rom.
in hiſt.Ind.

cornu vn tyare à trois couronnes, ou il se
faict publicquement adorer, speciallement
dedans vn temple faict en la forme (disent
ilz) de sainct Iean de Latran qui est à Rome, ou chacun court comme aux grādz par-
dons, à tout le moins vne fois l'an. Ce que ie
ne voudrois, toutesfois tant asseurémēt nier
chargeant du tout ces graues Autheurs d'im-
posture, que ie ne dise cela se pouuoir faire,
la malice des Indois le requerant, & Dieu le
permettant ainsi à leur punition, & à la prou-
ue aussi de la constance des fideles: comme il
a bien long tēps enduré, & quelque fois encore permet il, que ce Diable ayt contrefaict
ses œuures, ses miracles, & vne maniere de
religion ayans quelques traicts semblables
de prime face à la vraye & Apostolique que
tenons: mais plus (ce semble) icelle tirant
au naïf de sa premiere forme, comme est la
masquée Synagogue de noz heretiques: a telle qu'est aussi en aucunes choses celle des
Turcz, speciallement touchant leur Pasque
& leurs funerailles ou enterrements des
morts. Et telle finallement qu'en plusieurs
endroicts on diroit auoir esté la payenne, de
laquelle s'il semble que retenions quelque
chose, (n'estant ce que simple ceremonie)
il n'est faict pourtant tort à l'integrité de nostre religion, qui en vse à toute autre & trop
meilleure fin, que ces Idolatres, desquelz
nous l'auons retiré, dict sainct Augustin,

a *Vide lib.*
qui inscrib.
de Geneal.
Turca ma-
gni, &c.
Vide Plu-
tar. de viris
illust. max.
13. vita Nu-
ma Pompil.

August.

com-

comme de la main d'iniuftes poffeffeurs, lefquels le Diable auoit induit & enfeigné à cō
trefaire ce qu'il preuoyoit par le difcoursdes *Cyprian.*
efcritures deuoir en l'Eglife de Dieu eftre ob
ferué, dōt il eft dict pour ces faicts, & par aucuns iuftement appellé le finge de Dieu, lequel tafche par ce moyen à esbranler la foy
des plus fidelles & conftans, & à rendre la
vraye religion douteufe à ceux qui ne l'ont *Niceph.li.*
encore bien embraffée, comme autresfois *2.cap.36.*
auffi il a tant faict par fon difciple premier
Simō Magus, que l'Empereur Neron ne fça
chant auquel croire ou à ceftuy (qui faifoit
de grands fignes & admirables) ou à fainct
Pierre, qui demonftrant la verité, le fecon-
doit ou deuançoit pluftoft par plus grands,
il les a iectez pour vne fois tous deux hors
de Rome, eftimant & l'vn & l'autre pipeurs
de monde & enchanteurs. Nous auons le
femblable, fpeciallement au cas dont il eft
queftion où l'inconftance des volages cerueaux pourra trouuer vne mer fuffifate pour
nager entre deux eaux, & flotter çà & là, ne
fçachant ou eft l'heureux port de verité, puis
que le Diable (qu'ils ne congnoiffent tel en
ce cas.) fe met en pareil degré d'authorité &
demonftrance exterieure, que le fainct Pere
de Rome, s'attribuant mefme prerogatiue
fous femblable apparēce de religion en pre-
eminence que la fienne. Car l'vn & l'autre
(fi nous croyons aux fufdicts Autheurs) fe

D

difent grands vicaires ou lieutenans de Dieu
pour decider fur terre de toutes caufes fur-
uenantes, combien que l'vn en verité, l'autre
en menfonge, & par plus grande prefom-
ption. Ce que d'autant moins doit eftre admirable à tout bó ceruecau, que chacun fcait
ce braue outrecuidé auoir eftéieété du hault
des Cieux pour auoir attenté le femblable
contre Dieu mefme auquel il vouloit eftre,

Ifa. 14. efgal, & rauir le parc du Throfne fouuerain,
qui eftoit deu à Iefus-Chrift, chef premier
de toute l'Eglife : Ofera il moins donc faire
cy bas à l'endroiét de fon grand vicaire qui
n'eft qu'vn pur homme mortel? Ne pouuát
toutesfois plufieurs difcerner cefte rufe, nó
plus que la faulfe femblance des autres fuf-
diétes religions, eft aduenu qu'en tellesdou-
tes perilleufes, ilz font tombez dedans les
rets, non feulement d'vne fort esbranlée &
vacillante opinion d'erreur : mais d'vne ob-
ftinée & heretique qui plus eft cófirmation
en icelle. Ce qu'entendons defdiétz Turcs
Mahumetiftes & Atheiftes : & en particulier
de noz Vaudois Sorciers & forcieres, & de
tous autres heretiques dedans la confcience
obfcure defquelz, ainfi que dedans vn cœur
abifmé nous fouftenós ceft efprit de faulfe-
té eftre logé par le fourrier de leur infidelle
peruerfité, & eft vrayement pour ceux-là (a-
fin de reprédre le fil de noftre difcours) qué
nous difons auffi ce Sathan eftre deflié. C'eft

à ceux là que plus il peult nuire & les offen
cer. C'est sur les mesmes que plus son auda- *Apoc. 2 c.*
ce a d'authorité. Mais plainement il sera con
tre tous deliuré des chesnes qui l'enserrent,
lors & tant de temps que l'Antechrist tien-
dra ses grandz iours sur la terre, qui durera
l'espace de trois ans seulement & demy, exer
çant sa plus grande cruauté. Et ce pendant *Ephes. 2. 3*
(dict sainct Paul dés ores il besongne sur les
enfans de deffiance & d'infidelité, quelz sont
noz Sorciers, côme tous autres heretiques.

Combien est dommageable faire accord auec le Dia-
ble (comme font tous Sorciers) ou vser de ses su-
perstitions. Et côme il fault se depescher d'iceluy.

C H A P. 19.

Ar ce discours (peuple François) il vous appert comme ces
Enchanteurs, ces Magiciens, &
tous leurs alliez, ne sont que les
auant-coureurs, suppotz, Mini
stres, & predicans d'Antechrist, pour quelque commodité temporelle qu'ilz reçoiuét
du père d'iceluy (qui est le Diable) au contentement de leur sensuelle, ou pour mieux
dire, du tout brutalle concupiscence & affection. Et pource tant que d'hommes ou
de femmes sont par eux coustumierement
attirez en l'ordure de leur vile Confrarie,

a *Io. Franc.*
Picus Mi-
rand.lib.4.
de rerū prae-
not.cap.7.
Io. Nider
in form.li.5
cap.3.
Maleus ma-
lefic.
Hippolit.
mart. orat.
de consum-
mat.mundi
Apocal.13.
Maleus ma-
lef.
Io. Gerson.
To.1. de er-
roribus circ.
Mag. art.3.

pourpasser maistres en ce magnifique art, il fault qu'à leur mode ilz facét hommage expresse au Diable, chacun à celuy duquel il a vouloir de s'ayder, lequel ilz nomment leur petit maistre, & ce par façons tant horribles & execrables, qu'elles sont ennuyeuses à reciter, & odieuses à l'oüye : quoy qu'il en soit receuant en soy le caractere du seau de l'Antechrist, qui est en abiurant de bouche, & de faict & Dieu & la vierge Marie (laquelle ilz broquardent d'vn certain mot) reniant leur sainct baptesme, & detestant tout autre sainct Sacrement. Que s'ilz ne sont encore de ceste grande escolle, à tout le moins ilz font tacitement alliance & pact implicite, pour vser du terme des Theologiens, auec iceluy petit maistre, & semblent ce nonobstant consentir de faict à ceste premiere transaction detestable, puis qu'en leurs œuures ilz s'aydent des signes, caracteres, charmes, & superstitions dont vsent les autres, par le Diable inuentez, tendant à faire ce que Dieu ne requiert, & nature n'enseigne. Dont il aduient que petit à petit le Diable les attrappe de plus en plus dans ses lacs, & quelque fois de telle sorte s'y laissent ilz enfiler, qu'ayant presté comme les autres le sacrilege sermét,

Cyril. Alex.
in Ioan.liv.
9.cap.19.
Maleus ma-
lef.

ilz ne s'en peuuent, cóme aucuns voudroiét bien, puis apres aucunement depestrer. Dedans lesquelz filetz tous ceux & celles qui y sont le plus fort enueloppez, ilz sont aucu-

nesfois plus de mefchancetez, qu'ilz ne vou-
droient commettre, forcez à ce par leur mai
ftre, voire à grands coups de baftonnades,
comme faict foy leur chair toute meurdrie,
bien fouuent, & l'ont aucunes forcieres con
feffé au fupplice. Ainfi le Diable eft-il entré
en faifine & plaine iouiffance de telles gens,
en la vertu de leur accord: duquel droict il
ne peult eftre depoffedé ny deiecté, finõ par
la puiffance a de ce plus fort noftre Seigneur a *Luc.c.11.*
Iefus-Chrift, employée à la deffence de ceux
là feulement, qui fe repentans de tout leur
cœur, luy requierent ayde & pardon, par la
priere & humble fupplication de quelques
Saincts, ou faicte publiquement à cefte inté-
tion de l'Eglife, accompaignée de ieufnes,
aumofnes, & autres œuures de pieté. Ce qui
aduient toutesfois bien peu fouuent, tant
font ilz de court tenus, & eftroictement gar-
rottez par leur bourreau de maiftre, dont *Heb.cap.6*
eft en eux vrayement practiqué le dire de
faint Paul. Qu'il eft impoffible ceux qui ont
eftez vne fois illuminez, qui ont goufté le
don celefte, & ont eftez faicts participans du
fainct Efprit (comme ceux-cy lors qu'ilz e-
ftoient Chreftiens qui ont ce pendant goufté la bonne parolle de Dieu, comme les ver
tus du fiecle futur, & font retombez) eftre
de rechef renouuellez à penitence, crucifiás
encore vne fois en foy-mefmes le Filz de
Dieu, & l'ayant à mefpris. Qui faict que la fin

de telles gens plus couſtumieremét n'eſt autre choſe que le deſeſpoir.

Pourquoy le Diable ne nuit tant aux grandʒ par ſes Sorciers qu'au ſimple populaire.

CHAP. 20

Cas eſtranges, ô deſaſtres merueilleus & dignes de treſgrande pitié. Mais ô plus encore miſerables creatures, qui ſeulemét pouſſées d'vn vent de vaine gloire, ou de quelque autre practique labile & tranſitoire, ſe baignent au lac de dánatió eternelle, pour y attirer auec eux ceux qui les croyent & les enſuyuent: ou pour affliger quelque peu de temps en ce monde ceux qui les faſchent, & ſont les plus côtraires à leurs Diables. Et qui eſt-ce qui nous deliurera de leurs ſorts, de leurs poiſons, & de leurs mains traiſtres & cruelles? Empeſchez vous Iuges & Seigneurs de la terre tous ces maux là ſi vous pouuez, car c'eſt à vous à y pouruoir. Ce faict touche voſtre charge & voſtre authorité a puis qu'entre les mortelz vous tenez la place du ſouuerain Iuge & b du Seigneur des Seigneurs. Coupez, tráchez le fil de l'abominable vie à telles gens que congnoiſſez nous combler & accabler de tant de malheureus deſaſtres, leſquelz plus drus que la greſle toimbent ſur nous.

a 2. Paral. 19. Rom. c. 13.

b Apoc. al. 19

Car d'autant plus qu'ilz croiſſent & multi-
plient au milieu de nous, plus deſſus nous
leur prince leur baille de force & d'authorité, Dieu le permettant ainſi pour le peu de
deuoir que faiſons à repurger l'iuroye toute manifeſte du bon froument, laquelle authorité pour mieux retenir en plaine liberté
& ſans crainȼte, plus dextrement ilz ſçauent
briguer la faueur des plus grãdz, ou d'eſprit
ou de puiſſance temporelle. De ſorte que ſi
on y prend garde de bien pres, on trouuera
que peu ſouuent ilz s'attaquent à ceux-la,
pour leur faire gouſter les angoiſſeux morceaux d'afflicȼtiõ corporelle qu'ilz font aual-
ler aux autres de moindre eſtoffe, craignant
ce fin regnard leur maiſtre, trop irriter contr'eux ceux qui ont ou l'induſtrie, ou le pou
uoir par le glaiue iuſticier, d'empeſcher l'a-
uancemẽt de ſes miniſtres & feaux ſeruiteurs
& de brider tellement leur audace, que tant
de dommage ne ſeroit par eux faiȼt aux autres mortelz: aymant mieux ſe cõtenter d'au
trepart, dés que telz perſonnages ſont ia aſ- Exemp. des
ſez ſiens, & comme de ſa ligue qui ſeulemẽt amis du roy
pour crainȼte d'eſtre bleçez par ces Sorciers Artaxer.
& Sorcieres, ou par negligence & meſpris, Abd. Ba-
byl. apoſtoli
ȼe. hiſt. li. 6
ou pour quelque autre cauſe coulpable, ne
oſent entreprendre contre telle maniere de
gens, la querelle & de Dieu & des bons,
moins encores les traicȼter par la iuſte rigueur du droicȼt, comme ilz meritent.

A quoy nous adiouſtons d'abondant que
vrayement ceſont telz, à ſçauoir grands d'eſprit & de puiſſance, que ce ſubtil Demon
pourchaſſe pour auoir, ou propres inſtru-
més de ſa malice, ou pour le moins fauteurs
& ſuppots de ſes cautelles, faiſât par ce moié
ceſt Antechriſt tout au rebours de ſon aduer
ſaire noſtre Seigneur Ieſus-Chriſt, qui a eſ-
leu les plus ignares, ſimples & pauures qui
fuſſent gueres entre les Iuifs pour annoncer
ſa venue, & publier ſon Euangile.

Supplication aux Seigneurs & Magiſtratz de faire
toſt iuſtice des Sorciers & ſemblables.

C H A P.   21

Epheſ.ca.5

Artant ô vous gentilz eſprits, &
vous Iuges & Seigneurs de la
terre, gardez (comme dict l'A-
poſtre) d'eſtre ſurprins par vai-
nes parolles, telles que ſont celles dont vſent ces pipeurs, Sorciers, Magiciens & Noſtradamiſtes, pour leſquelles, ou
ſemblables, l'yre de Dieu eſt deſcendue ſur
les enfans de deffiance, comme nous auons
cy deuant monſtré. Et pource, dict-il, encore ne vueillez eſtre participans auec iceux.
Faictes en pluſtoſt (nous vous ſupplios) bó-
ne iuſtice, & ilz ne s'accoſteront de vous, ilz
ne vous fuyront moins (quelz qu'ilz ſoient)

1.Reg.c.28

que ceſte Sorciere ou Pythoniſſe éuitoit la
preſence du Roy Saül, qui par Edict public
auoit banny telle vermine hors ſon Royaume. Ne permettez que par vne vaine curioſité ou chatouilleuſe conuoitiſe de voir ou
de ſçauoir par le moyen d'iceux choſes rares
& à vous admirables, ils iectent leurs ſorts
charmeurs ſur voz ia affectionnées fantaſies
pour vous faire ou taire ou diſſimuler leurs
crimes abominables. Et ne péſés tirer de telle perte aucun plaiſir ou profit qui ne vous
ſoit ou en apres plus qu'au poix d'or vendu,
ou dés à preſent en ce monde la totalle ruine
de tout voſtre heur, de toutes vos bonnes
fortunes & ſuccés, ou meſmes de voſtre vie,
comme il eſt aduenu en fin à tous ceux qui ſe
ſont aydés de tels moyens en leur vie. Entre
leſquels ie vous produiray ſeulement en paſſant vne exemple domeſticque du Roy Phi-
lippe fils de ſainct Loys, lequel s'oublia tant
que pour ſçauoir l'autheur de la mort de ſon
fils, il enuoya à vne Sorciere deuinereſſe la
fin auſſi duquel fut peu d'ans apres ſa mort
haſtée par vne triſteſſe cóceue pour vn gråd
deſaſtre à luy & à ſes gens aduenu. Et Dieu
ſçait cóbien pire en eſt prins à ceſte malheu-
reuſe Royne Brunichilde, qui elle meſme ſe
meſloit de ce meſtier là. A tout le moins Meſſieurs, rompés l'occaſion au vulgaire ſoup-
çonneux de brouiller leurs cerueaux de ceſte
folle perſuaſion, qu'à faute de punir cés meſ-

Rob. Ga-
guin. in lib.

Aimon. de
geſt. Fråc.
lib. 3. c. 94.
& li. 4. c. 1
Exemp. du
dict Saül.
1. Paral. 10
de Pharaon
Exod. 7.
8. 9. &c. de
Balaam.
Num. 22.
De Ieſabel.
4. Reg. 9.
Ochozi.
4. Reg. 1.
Manaſ. 4.
Ariſt. de
rep. Phocé.
& clem. A-
lex. lib. 1.
ſtrom. de
Iul. l'apoſt.
Nice. li. 10
cap. 4. de
Antoninus
l'Empereur
Io. fr. Pic.
Mirand. li.
4. c. 8. plu-
ra apud M.
Minuc. in
octauio.

chans enioleurs, vous ayez part à leurs def-
fins, ou que foyez corrompus par prefens,
ou bien charmez & enchantez par leur cau-
telle: qui feroit vn argument plus euident de
quelques couuertes offences par vous com-
mifes enuers Dieu : veu que les gens de bien
(fi ce n'eft) peu fouuent, pour leur probation
& accroiffance de leur gloire, ou autre gran
de caufe à Dieu feul congnue (n'en peuuent
eftre empefchez, en l'executió de iuftice. Or
congnoiffez vous le mal qui tant molefte
voz fubiectz : apportez y donc le remede,
vous dif ie) aufquelz comme pour fouuerai
ne medecine, Dieu a baillé le glaiue de iuftice pour detrancher le membre pourry du
corps de voz Republicques & Seigneuries.
Gardez bien d'attédre plus, à ce que la playe
ne vienne à fe rengreger de telle forte qu'elle
corrompe les autres membres, eftis memoratifs du dire du Poete : Remedie au commencement, & n'attends pas plus longue-
mét, car tardiue eft la medecine, au mal pro-
chain de la ruine.

Rem. 13.

*Ouid. de
r med. a-
mor.*

*Les argumens & coniectures par lefquelʒ on con-
gnoift les Sorciers & deuins, Magiciës, &c. cõtre
lefquelʒ on doit vfer de toute rigueur de iuftice.*

C h a p.   22.

Ais bon Dieu que fert auffi le dilayer
n faict qui eft tant clair & fi vrgent?
Cherchez vo us des accufateurs, eux

mefmes bien fouuét le viennent brufler à la
chandelle:car Dieu le veult ainfi,qu'ilz foiét
quelques fois les proditeurs de leur propre
iniquite quand elle eft meure, afin qu'ilz en
reçoiuent la punition, pour eftre exéple aux
autres.Et qui feroit auffi autrement celuy tát
prodigue de fon bié,acquis à la fueur de fon
corps, lequel ofaft fe faire partie en court
côtre telles gens,qui ont mille rufes à efcha-
per, pour y confommer la plufpart de fa pro
pre fubftance,ou fans rien faire en fin, puis
qu'eft maintenant ou fourde ou endormie
dame Iuftice en plufieurs fieges ? Voudriez
vous preuue plus pertinéte pour lès côuain-
cre que leurs parolles venteufes,&leur propre confeffion? Que fi tel tefmoignage faiĉt
contre foy mefmes de propre volonté, n'eft
receuable en droiĉt quand il y va de la vie! A
tout le moins ne contemnez le iugement du
commun bruit.Ioignez à ce les maladies des
pauuresgens qu'ilz detiennent en langueur,
en la perte euidéte du beftial qu'ilz font mou
rir tout en vn coup à vn ou plufieurspauures
mefnages. Côfiderez quelle eft leur vie,leur
côtenâce, leurs yeux troublez & cauez en la
tefte, la veuë ce neátmoins afpre & aiguë,&
la deformité de leur face hideufe, leur trifte
maintié,& toutesfois leur ioye parfois trop
effrenée, leurs gaberies & facetieux deuis,
leurs propos diffolus,leur hardieffe effrôtée

15.q.3. can. fant.

& leur fureur auec menaces, ou leur couuer
te flaterie. Telles chofes ce m'eſt aduis, bien
eſpluchées, & rapportées enſemble, font teſ
moignage preſque aſſés ſuffiſant de leurs cri
mes.a Et bien que la loy ſemble touſiours fa
uoriſer à celuy qui eſt accuſé, & preſuppoſé
coulpable : b ores que tout droict ſoit plus
enclin à abſoudre qu'à condamner. Si eſt-ce
que ce faict dont eſt la cauſe preſente, eſttant
abominable, tất aigre & odieux à tout cœur
ſain & fidelle, qu'il ne merite iouyr de la dou
ceur de la loy, pour la grauité duquel pluſieurs étachés d'icelle c ſont deiectés de leurs
priuileges, & condamnés à la mort eux eſtấs
conuaincus. Moins encore doit il auoir de
ſupport qu'vn crime le plus grand qui ſoit
de leſe maieſté. Car ceſtuy eſt vn expres atté-
té, non ſeulement contre les Roys & leurs
ſubiects fideles : mais qui plus eſt contre le
Roy des Roys, le Createur de tout le monde
& contre le ſainct peuple de Dieu. Lequel
tant plus qu'il croiſt plus il apporte de dommage, & plus on luy faict de faueur : moins il
decroiſt, moins il prend fin : & moins les Autheurs d'iceluy s'en repentent ils, ou s'en a-
mendent.

a L. Arria
nus ff. de a-
ction. & o-
blig. l. ſauo
rabiliores ff
de Reg.iur.
b L. officiũ.
ff. de rei vi.
l. obſeruare.
ff. de offic.
preſid. Ex-
tr. de ſorti-
leg. c. ex diſ-
bus. 35.q.9.
can. loci.

Qu'ilʒ doiuent eſtre executéʒ à mort ſelon toute loy,
& pour obuier à pluſieurs maux qu'autrement
ilʒ feroient, ou que Dieu pource nous ennoyera.

C H A P. 23.

R fus doncques meſſieurs, attédés
vous qu'ils lient vos femmes d'vn
nœud charmé, & les detiennent par
leurs ſorts, ſans vous pouuoir engendrer de
beaux enfans, heritiers de vos biens, vos viues images & ſemblances? Ou bien qu'elles
ſoient par ce contrainctes (leur permettant
la loy) de ſe pouruoir autre part, vous demeurans par tels ſorts couards au faict de
mariage? Attendés vous qu'ils tuent vos en-
fançós à peine du ventre de leur mere eſclos
& mis ſur terre? Differés vous à ce qu'ils em-
poiſonnent voſtre mager ou breuuage, que
ils facent tomber la greſle deſſus vos fruicts
& foudroyent vos Chaſteaux, qu'ils ami-
nent la mort à vos troupeaux, qu'ils courbét
le dos à vos ſeruiteurs ou ſeruantes d'vne infinité de tortions angoiſſeuſes, & detiennét
en dure langueur vos pauures fermiers & la
boureurs, ou qu'eux meſmes, poſſible, eſtans
imbués de leur malice, braſſent contre vous
leurs maiſtres en leur fureur, milles ſorcelle-
ries & poiſons? mais qui pis eſt, permettrés
vous plus long temps qu'ils ſeduiſent les a-
mes d'vne infinité de curieux de ce temps cy
trop hardis à cognoiſtre ce qui n'apporte q́
malencontre à l'homme. Quoy? les deffiés
vous au combat. Tardés vous à ce qu'ils ayét
les armes au poing, & qu'ils facent regner
leur Antechriſt à coups de piſtolles, ou que
ils remettent ſus l'antique idolatrie, ia de-

Cap. vlt.
iuncta gloſ.
ac frig. &
maleſ. in de
cretal.

chaſſée de ceſte region par le ſang eſpandu
non des tyrans ou heretiques meurtriers:
mais de noz patients ſainctz peres & ance-
ſtres, les victorieus martyrs? Or ſoit ainſi
que pour vn temps nous euitions la felon-
nie de leurs cruelles mains : quãd bien meſmes nous aurions ayde d'iceux en pluſieurs
de noz negoces, ou quelque paſſe temps au
contentement de l'eſprit : eſtimons nous
qu'il nous ſoit moins cher vêdu a qu'aux E-
giptiens, b qu'aux Babyloniens, & qu'aux
Royaumes des Moabites, Amalechites, Ca-
nanées, & autres leurs voiſins, leſquelz Dieu
a raſé de la terre, ſpeciallement pour ces vices là ? mais ne cherchons tant d'eſchappa-
toires : La loy ciuile veult leur mort corporelle, les ſainctz Canons, à ce qu'ilz ſe ſoient
amendez, ordonnent leur mort ſpirituelle,
& Dieu commande l'vne & l'autre contre
eux meſmes, à ce que ſoient exterminez &
du Ciel & de la terre la race des malfaicteurs
tant peruers, l'vn & l'autre ne pouuant plus
les ſouſtenir. Leur vice auſſi le requiert, la
neceſſité nous y preſſe : les temps perilleux
nous y excitent : & nature abhorrente leurs
prodigieus effectz, pouſſe les cœurs des fidelles à requerir ceux-là eſtre maſſacrez, qui
corrompent ce qu'elle nous a legitimement
produit, & qui deſtruiſent du tout ſon ordre
& fruſtrent ſon pouuoir. O vrayement nous
encircez nous (diſ-ie) enſorcelez & abrutis

a Iſa ca.19.

b Iſa.c.47.

Deut. c.18

L. Nemo. l.
multi & a-
lii. c. de ma
lef. & Ma-
them.
26. q.ca. Si
quis et can.
Sortes.
Exod. l22.
Leuit.19.
& 20.

plus que les compaignons d'Vlyſſe, ſi nous
ne congnoiſſons cela, & ſi n'executons ceſte
iuſtice, à quoy Dieu, nature, raiſon, la loy, &
la neceſſité nous induiſent. Car nous apper-
ceuons à œil ouuert que ſi ou la pitié indiſ-
crette ou la negligence & meſpris, ou la
trop dure incredulité pouſſe plus auant les
cœurs de ceux qui ont charge & authorité
ſur quelque prouince de ce Royaume que
ce ſoit, à eſpargner la vie de ces malheureu-
ſes creatures qui tant irritent noſtre Dieu:
la fin de ceſte pauure France ne ſera autre,
qu'a eſté celle quelques fois du Royaume
Iſraëlitique, a quand vn ſeul Roy iouant à la
deſeſperade alla conſulter vne maudicte Pythoniſſe pour le ſuccés de ſes affaires: b ou
quant vne meſchante Royne maleficiere
banda ſi bien les yeux de la raiſon du Roy
Achab, de toute ſa court, & de ſon peuple,
que tous preſque furent reduictz à ſes façons de faire: dont il en print treſmal, non
ſeulement à ſa maiſon : mais auſſi à tout le
Royaume: comme auſſi du temps de ce fau
teur de Sorciers, Deuins & Pythons, Ma-
naſſes. Combien ſeroit donc meilleur exterminer telles gens de deſſus la terre, & eſtain-
dre la memoire d'iceux, que d'attendre vn ſi
grand deſaſtre & calamité.

a 2. Para-
lip 10.
b 4. Reg. 9.
3. Reg. 16.
& 18. colli
guur ciidex
4. Reg. 17.

C H A P.   24,

Llons à l'escolle, ie vous prie, des payens, & apprenons la belle leçon qu'ils nous en font, *a* quand par leurs loix des douze tables ils ont condamné à mort telle canaille, qui maleficioiét lesbleds & autres fruicts de la terre, & qui vsoient en plusieurs choses de mauuais charmes. Certainement ie ne peux nier que les anciés Romains n'ayent esté gráds idolatres. Car quel genre de superstition pourroit on nommer qu'ils n'ayent tenu, comme escript ce docte Varro, pour sacrée religion? Si n'ont ils toutesfois iamais permis en public exercice ceste execrable que nous appellós Magie, ains l'ont dechassée comme portenteuse, c'est à dire significatiue de quelque malencontre, retenans seulement certains sors pour deuiner. Et les Genethliaciens, ou selon le mot qui court, Mathematiciens & Astronomes iudiciaires n'estoient pas les bien venus entr'eux, puis qu'ils les priuoient non seulemét de leur ville: mais exiloient aussi de toute l'Italie. Ce que depuis plusieurs Empereurs ont faict garder estroictement, en recherchant de toutes parts tous Enchanteurs & male-

a Plin. l. 28

Seruius in 4. virg.
Tertul. lib. de Idol.
Augustus lib. 2. de doct. christ.

maleficiers pour les amener au supplice: entre autre celuy qui deputa à ces fins Corne-
lien le Centenier qui bailla la chasse à ce grãd
maistre Simon le Magicien: mais Constãtin
te grand Empereur a faict encore dauantage quand il s'est attaqué contre les Astrolo-
giens, les basteleurs aussi, & mommeurs ou
farçeurs, contre lesquelz mesmes comme
corrupteurs des mœurs & de pudicité, l'Em
pereur Henry troisiesme, l'an mil quarante
sept, s'est monstré vertueux, & comme leur
capital ennemy les dechassant tous de sa
court. Saul premier Roy de Iudée en fit autant des Magiciens, des Sorcieres & Pytho-
nisses de sa terre, auant qu'il fut reprouué.
a Darius a eu la gloire d'auoir destruict l'Em
pire des Magiciens, estant faict Roy des Per
ses. b Platon le diuin Philosophe a decreté
sentence de mort aux empoisonneurs, aux
lieurs d'eguillette, & enchanteurs nuisibles.
Serõs nous pires que ceux-là, nous qui por-
tons le tiltre & le nom de Chrestiens? De-
chassons donc ces arts monstrueuses arriere
de nous, & soient punis griefuement ceux
qui s'en meslent, si ne voulons arrouser no-
stredicte gloire chrestienne, d'vne tâche tant
vilaine, que les mesmes vilains & infames
idolatres en plusieurs lieux, l'ont euë à con-
trecœur. Ne soit assez pour nostre regard q̃
par l'authorité du sainct Concile dernier de
Trente, ces arts & leurs autheurs soient re-

E

Clem. li. 1o
recogn.

Io. Fran.
Pic. lib. 4.
pronunc.
cap. 7.

Mater Cro
nica.
1. Reg. 28.

a Clem. A-
lex. lib. 1.
strom. post
Herodot.
b Plato lib.
11. de legib.

Iud. lib. pro
hib. reg. 9.

prouuez, comme la lecture de leurs liures:
mais maintenons auec ce ceste saincte ordó-
nãce, & toutes séblables en fleur & vigueur,
par le bras fort de la iustice seculiere, qui selon l'imperfection grande qui est aux hommes, baille plus de terreur & crainéte aux
meschans, que toutes autres menaces d'vne
eternelle damnation. Car autremét peu sont
esmeuz plusieurs mescreans à ne point offen
cer Dieu en faisant le contraire de ce qui est
deffendu. Que s'il n'y a autre remede à ce ma
lheur : mieux il vaudroit en verité (si le per-
mettoit l'authorité du prince) faire d'iceux
Agathiæ Mi‑ vne belle Magophonie, comme nous lisons
rines. hist. le susdiét Roy Darius auoir instituée, c'est à
lib. 2. dire vn iour celebré & festoyé, auquel furent mis àmort tous les Magiciens, Sorciers
& Enchanteurs de sa patrie, lesquelz bri-
guoient l'Empire.

Qu'il faudroit, & bien tost cõmettre des inquisiteurs
de foy pour en faire recherche, & punition.
C H A P. 25.

R tost ou tard si faudra il passer
par là, qu'en ceste France soient e-
stablis certains inquisiteurs de telles gés pour en faire la iustice qui
voudra en perdre la seméce de ce Royaume,
ainsi comme on a faiét autresfois és pays de
Allemaigne, dont ilz se sont fort bien trou-

uez. Car à ce nous côtraignent plusieurs Du
chez & contrées ia infectées de ceste croupis
sante peste , & ia par trop fort eschauffée de
ce feu infernal , lequel tacitement rampant
par les destroicts du pays Rethelois, Sauoi
sien, Auuergnois, Poicteuin, Rhodelois, de
Limoge, Loraine, Languedoc, Prouéce, Gas
congne, & presque par tout autre part, sçau-
ra-mieux-embraser toute la France, que l'es-
tincelle Arriéne tout le pays d'Orient: fla-
beau qui a duré plus de trois cens ans pour
ne l'auoir estainct tout promptement auec
le sang tant seulement de deux ou trois here
tiques boutefeux, & premiers autheurs de
ceste conflagration : exemple qui me faict
souuenir du bon Roy sainct Loys (la gloire *F. Rob. Ga*
de nostre France) lequel entre autres diuins *guin. lib. 7.*
enseignemens qu'il laissa à son filz & succes-
seur Philippes, trouuez depuis par escript en
la librairie du Roy Charles le quint, il l'ad-
monnestoit en ces termes. Les execrables iu
remens prohiberas : des nouuelles sectes &
heresies la teste, il fault entendre trancheras
ou briseras, comme s'il l'eust aduerty que si
plus long temps il laissoit viure les premiers
autheurs de telles nouueautez qu'à peine a-
pres les pourroit il suruaincre & dissiper, nó
plus que leurs pernicieuses sectes, ce qui est
fort à craindre de ceux-cy entre tous , car ilz
ne sont moindres en ruses, en finesses , &
en puissance par leur art que tous autres he-

retiques. Mais auós nous enfepuely aux ob-
fcures cauernes d'oubliance qu'elle a efté &
combien foible tout au commencement la
petite poignée des Apoftats noz derniers, &
encore mutinans aduerfaires : & comme ilz
font accreuz par les trop grandes facilitez,
ou conniuéces de ceux aufquelz il touchoit
de les exterminer ? Ignorons nous comme
en peu de temps ilz ont rompu & renuerfé
tout ordre de iuftice, mefprifé toute puiffance , & rauagé entierement noftre France?
C'eft vn exemple, c'eft vn faict ou vn cas af-
fez recent, peuple François, & qui nous cou-
fte bon. Partát il fault en tirer quelque fruit,
qui fera quant nous nous en feruirós en cas
d'vne tant poignáte neceffité qu'eft cefte af-
faire nouuelle. Monftrons donc à tout le
moins que fómmes faicts fages à noz pro-
presdefpens. Tirons de ce grand mal, fi nous
voulons vn trefgrand bien, & faifons (comme dict l'ancien prouerbe) de neceffité vertu. Ce fera, peuple de France, lors que recher
chant diligemment, & chaftiant virilement
tous ceux & celles qui nous veulent dogma
tifer & catechifer en nouuelles arts, n'agueres, pour ce pays, defgorgées du profond
des enfers, lefquelles fouz pretexte de nous
apporter quelque profit ou plaifir temporel, elles nous font tresbucher à toufiours,
au mefme gouffre dont elles font yenues &
defgorgées.

Par l'exemple du passé instruictz, nous deuons em-
pescher que les Sorciers & Magiciens ne s'esleuēt
contre le Royaume.

CHAP. 26.

Ve si l'exemple domestique, tiré
de noz propres perilz, & de noz
encores ensanglantez malheurs
ne nous esmeut à resistance, & ne
nous induit à iouer au plus seur : allons aux
Allemans (peuple farcy de ceste peste) de là
passons en Angleterre, és Escosses & en Hy-
bernie, pour voir si les grādes trauerses que
endurēt noz proches voisins ne nous époin-
çonneront point dauātage à auoir quelque
pitié & compassion de nous mesmes. Et re-
marquons ie vous supplie, en iceux comme
vne teste ou deux, tel qu'estoit Iean Hůs &
Vviclef, ou vn Martin Luther (la mort subi
te desquelz estoit le salut de la tierce part dū
monde) ont par succession de temps prins
tel aduancement dessus tous, qu'ilz ont osé
prester le bras fort au cōbat contre les Roys
& trespuissans Empereurs (tel qu'estoit ce
magnanime Charles le quint) apres auoir
suborné & attiré quelque esuenté condu-
cteur de leur mutine armée. Et pour ne sortir hors le propos de ceux dōt il est question:
Auons nous pas l'histoire d'vn certain Magicien d'Egypte, & pseudoprophete (vices

Ioseph. li. 2.
de bello iud.

souuent accouplez) lequel seduit, & mit en campaigne trente mille hommes armez contre les Romains. Comment, ie vous demande, c'est faict Roy de Perse ce tât fameux Artaxerxes, qui premier a baillé gloire en ce pays au nom tant detestable de Magicien, ores qu'il fut yssu de basse condition, sinon au moyen plus de cest art de Magie, que par ses armes & prouesses belliqueuses. Et comment s'est-il depuis comporté marchant en guerre, sinon accompaigné de telles gens ramassez? Autant en trouuons nous d'vn pau ure berger nómé Giges, qui par ses enchantemens fit tât qu'il iouyt de la Royne de Lydie occit le Roy son mary, & regna apres luy: & qui a (pensez vous) baillé aux Magiciens de Perse le gouuernemét de l'Empire par si lóg temps, sinon la tyrannie de cest art? moins n'est à craindre (François) que si les nostres de ce temps auoient quelque chef, ou s'ilz estoient autât d'hommes virilz & de marque, qu'ilz sont de sottes femmelettes & rustaux bergerós, que bien tost ou par armes ou par charmes (comme les Huns ont faict au Roy de France Sigisbert) ilz nous fissent ressentir combien est dommageable de dilayer, ou faire surseoir le remede present à vn grád mal ia aduaucé, & qu'ilz augmenteront dauantage, si par le cours d'vn long temps ilz prennét plus d'accroissance entre nous qu'il n'ont faict iusques à ceste heure, & de ce soit

Hist. Aga-
thie mirri-
nes. lib. 2.

Cic. offic. li.
3. post plat.

Abd. Ba-
byl. hist. apo
stols. lib. 6.

Greg. Turō.
lib. 4 c. 26.

Procop. lib.
1. de bello
Persico.

exemple ce Roy de Perſe nommé Blaſes, lequel tenát en ſa puiſſance ſon aduerſaire Cabades, ne tint conte du bon aduis que ſon
grand Preuoſt luybailloit, quand voyát tout
le conſeil du Roy bien empeſché en la reſo-
lution de la mort ou la vie dudict Cabades,
monſtrant ſon couſtelas deſgainé, il dict deuant toute l'aſſiſtance, voicy qui eſt fort propre à executer le preſent negoce, tout maintenant, que vingt mille hommes armez ne
pourront pas cy apres tant bien parfaire. Il
ne fut creu, & voyla mon Cabades eſchappé
qui accóplit de poinct en poinct la derniere
periode de ceſte prophetie, rentrant victo-
rieux à la principauté de ce Royaume. Tous
ces exemples (à mon aduis) nous deuroient
ilz pas faire ſages, & tenir ſur noz guerres, à
ce que ne ſoyós ſurprins de ces traiſtres noz
ennemis, ſoldats de l'ancienne bande de noſtre aduerſaire l'Antechriſt. Beaucoup ilz ſót
à redouter, & ſemble que luy il les ramaſſe
pour nous liurer nouuel aſſault, car c'eſt ain
ſi qu'il doit s'aduancer ſur tout le monde, & ___Matt. 24.
nous ſurprendre, tantoſt faiſant le ſommeil-
lant, vſant d'vn long ſilence, tátoſt par ſignes
prodigieus, tantoſt par armes & cruauté, tan
toſt par enſorcellement, & quelque fois par
corruption de benefices & preſens.

Fault empescher que les heretiques desesperez se ioi-
gnent auec les Sorciers. Ce qui pourroit aduenir
pour les grands abus qui sont en France.

CHAP. 27

A nous auons ressenty combien sont durs à soustenir les furieus assauts de ses cruelles troupes armées: mais par la force & prudence infinie de nostre vaillant colonel Iesus-Christ, encore à beaucoup pres n'a il pas tât dessus nous gaigné, que trop legerement il persuadoit à ses volages cerueaux: dont forcenez ceux qui poussez d'ambition se sont rengez souz sa banniere à ces troubles derniers, que leur reste il (voyant qu'ilz sont frustrez de leurs attentes, & ores ne sçachans plus à quel sainct se vouer, tant sont ilz variables, sinon qu'ilz passent le guichet pour entrer plus auant en l'Atheisme ou ia ilz sont fourrez: b ou bien que selon le refrain de la balade des anciens heretiques, ilz portét au Diable leurs chandelles & offrandes par la practique de ces nouuelles arts, & que plus fort & appertement que iamais ilz se consacrent à luy pour mettre à chef ce qu'ilz ont trop auant imprimé dedans le creux de leurs sottes cerueles: ou bien que pour le moins ilz se ioignent à ces Sorciers & Enchanteurs ou ceux cy auec eux, comme firent iadis les

b *Tert. lib. de præscrip. aduers. hæres. cap. 17. lib. 2. de anima. c. 57. et de Gnosticis cap. 24. Iren. lib. 1. aduers. hær. cap. 9. 20. & 23. Theodorit. lib. 1. hæret. fabul. Iustin. Apolog. 2. de Menandro. Niceph. Ecclef. hist. li. 8. cap. 36.*

Magiciens de Perſe, auec quelques meſchãs
Iuifz pour mettre en feu les ſacrez Temples
des Chreſtiens. Ainſi, peuple François, ainſi
veult l'Antechriſt ſe camper pres noz tentes
Gauloiſes, pour commécer par nous à mat-
ter toute la terre : afin qu'eſtant ce noble &
iadis treſilluſtre pays ſurmonté, & du tout
briſé, mieux il esbrãle les autres Royaumes,
& plus ſoit ſon furieux nom redouté par to⁹
endroictz. Car il congnoiſt bien qu'au beau
milieu de nous il a grand nombre de ſes ſoldats, & de ſemblables à ceux dont nous par-
lons, leſquelz nous blandiſſant en front, luy
fauoriſent meſmes aſſez apertement, les vns
par ambition affectée: les autres par ſimonie
& inſatiable auarice: quelques vns par paillardiſe, ou par blaſphemes exorbitans, aucuns & preſque la pluſpart par grandes diſſolutions d'eſtatz, d'habits, & de viãde, meſ-
mement par telle impudence qu'ilz tiennent
à grande nobleſſe & generoſité, vaquer du
tout & faire cas de ces vices, reputans fols,
ſtupides, ou idiots ceux qui ſe comportent
au contraire de leurs iniquesfaçons. Au par-
deſſus il ſçait auſſi ce cauteleux renard, que
dame curioſité (principalle guerriere contre la vertu rationelle) faict reſidence entre
les Frãçois, & meineþ çà & là auec legereté
le premier brãle de toute corruptele, leſquel
les enſemble mettãt leur nez partout, ſe laiſſent ſurprédre ayſément à tous laqs de dece-

b Guill. pã-
riſ. lib. de
Tent. & re
ſiſt.
Ceſar in
commentꝭ.

ption,& s'enuollât à tout vent de nouueauté és regions estrangeres,elles ne rapportent
que toute vanité. Puis ainsi esuentees se ga-
bent & raillent des choses diuines, celestes,
eternelles & sacrées, faisant comme vn ieu
ou farce du faict de la religion, ainsi que s'ilz

a *Sapien.ca.* estoient du nombre de ceux a que le Sage dit
15. n'auoir autre opinion dela vie sinon qu'elle
est vn ieu, & icelle encore du tout pour vac-
quer au gain & au profit temporel , soit par
droict,soit par rapine,ou soit par fraude.

Priere concluant à ce qu'il plaise à Dieu de diuertir
ces malheurs , auec aduertissement de ce qui ad-
uiendra aux Sorciers,& à ceux qui n'en font pu-
nition,s'ilz ne s'amendent.

C H A P. 28

Dieu doux, pitoyable & clement,
vous qui voyez d'vn clin d'œil tous
ces maux là,& les malheurs qui en-
suyuent végeurs pour vostre maiesté de noz
pechez trop frequens & enormes,ayez pitié
de nous voz pauures seruiteurs, voz creatures,voz enfans rachetez du precieux sang de
vostre cher Filz &vnique. Plaise à vostre bô-
té destourner de noz testes tous ces malheureus encombriers,& les malencontreus de-
stins que prenoyôs deuoir encore plus grâds
plouuoir dessus vostre iadis fidelle & tres-

chreſtienne France. Faiĉtes Seigneur que
nous ia tous attenuez par la rigueur de voz
peſans fleaux , & tous froiſſez des roides
coups de voſtre main iuſticiere, n'en ſoyons
plus endurcis en noſtre mal, ou n'en demou
rions rebelles, obſtinés & incorrigibles, ain
ſi que firent iadis les Egyptiens , les Babilo-
niens, & vos enfans meſmes lſraëlites , afin
que ne venions à eſtre plongés (comme ces
premiers) dedans la mer rouge, non aquati-
que , mais du pur ſang coulant des playes
de nos freres , ou eux pluſtoſt dedans le noſtre, & que ne ſoyons faiĉts comme ces autres, le meſpris, la fable & la riſée à tous nos
ennemis . Et vous cruels pipeurs & enioleurs du monde, qui maiſtriſés , ſans qu'on
s'en garde, le peuple de Dieu, enfans de ſon
Egliſe par traiſtres & cauteleuſes façons:
vous vous vantés qu'aués faiĉt alliance a- *Iſa.cap.28.*
uec la mort, & paĉtion auec enfer : de ſorte
(diĉtes vous) que le fleau de Dieu paſſant,
ne tombera ſur vos eſpaules, à cauſe qu'a-
ués mis le menſonge voſtre eſperance, & e-
ſtes armés d'içeluy.

Oyés que diĉt contre vous autres noſtre
Dieu par ſon Prophete : La greſle, diĉt-il,
c'eſt à dire l'abondance des maux à aduenir,
renuerſera voſtre eſpoir que vous aués ſur
le menſonge , & toute voſtre ſauuegarde,
qui ne ſont autres , à mon aduis , que

a *Ioan.*8. voſtre maiſtre, a pere de menſonge, voz ſorts
& preſtiges abuſifz, & voz cruels malefices
ſur leſquelz vous vous affiez. Or n'eſt-ce là
toute voſtre peine, car il ſenſuyt : les eaues
de tribulation ſe desborderont, & voſtre accord ſera effacé : voſtre pact auec la mort ne
aura plus lieu aumoins pour nuire aux autres. Quand le fleau ſurgiſſant outrepaſſera,
vo⁹ ſerez en meſpris : en quelque ſaiſon qu'il
outrepaſſe, alors il vous raſera. Car il paſſera
par tout au matin, au poinct du iour, de nuit
& en plain iour : qui eſt à dire qu'il vous af-
fligera ſans repos, & lors (dict il encore) la
ſeule affliction vous ouurira l'entendement
mais las ! bien tard pour vous, pour croire
ce que maintenant vous oyez. Alors auſſi ô
a 2. *Paral.*
19. vous luges, a Lieutenás deſſus terre de celuy
que requerons nous eſtre en ayde, & nous
faire mercy, ſi par voz negligences, inaduer-
tences & meſpris, noz tant cruels aduerſai-
res ont plus grand pied & force deſſus nous :
appreſtez vous hardiment de ſouſtenir les
premiers dards de ſa vengereſſe fureur, ia é-
lancée ſur nous tous : mais plus encore ſur
les plus grands & puiſſans qui ont plus for-
tes eſpaules, & vn conte plus long à rendre
deüant ſa terrible maieſté, que n'a le ſimple
a *Sapien.*6. populaire. Car ce ſont telz, a dit le Sage, qui
ſouſtiendront les plus grands tourmens, à
cauſe de leurs mal faicts. Ce que prions toutesfois, & de bon cœur, ſa ſinguliere clemen

ce & tresſouueraine bonté, youloir diuertir,
& de vous noz chefs treshonnorables,& de
nous autres voz humbles ſubiects & membres ia fort attenuez,& de nous tous enſemble qui ſommes tous pauures ouailles de
ſon troupeau, rainctes en larmes dedans le
pourpre vermeil du precieux ſang de ſon
treſayméFilz noſtre bon & ſouuerain
maiſtre & Seigneur leſus-
Chriſt.

Ainſi ſoit il.

Les articles & poinctz concernants le faict de Ma-
gie ou Sorcellerie , condamnez par la faculté de
Theologie à Paris, l'an 1398. Auec l'Epistre ou
Preface à ceste censure faicte par M. Iean Gerson,
Chancelier de l'Eglise de Paris, & toute ladicte
Faculté, le tout trouué au premier volume des œu-
ures dudict Gerson, en la fin du Traicté intitulé
Des erreurs qui se commettent en la Magie, & icy
mis en François pour l'vtilité du vulgaire.

To vs zélateurs de la saine foy
le Chácelier de l'Eglise de Paris, & la faculté de Theologie,
en la florissante Vniuersité Pari
sienne nostre mere: pour auoir
esperance en Dieu, auec vn honneur entier
au diuin seruice, & ne point prendre garde
aux vanités & faulses sottises. Vne laide ta-
che d'erreur surgissante nouuellemétdes an-
ciennes & obscures cachettes, nous a faict
souuenir comme souuent la verité catholique est bien congneue à ceux qui sont stu-
dieux des lettres sacrées, laquelle est ignorée
des autres, veu que tout art a ce de propre,
qu'elle est manifeste à ceux qui se sót exercés
en icelle, de sorte q̃ de là est vraye ceste pro-
position,à sçauoir,qu'il fault croire à vn cha
cun expert en son art. De là vient aussi ce dire d'Horace, lequel sainct Ierosme prent es-

eriuant à Paulin. Les medecins promettent
ce qui est propre aux medecins. Les forgeurs
traictent des choses appartenantes à leurs fa
briques. Ioint à ce que les sainctes lettres ont
ce de special, qu'elles ne se cógnoissent point
ny par experience, ny par les sens de nature
comme les autres disciplines, & ne se peuuét
voir ou entendre par les yeux offusqués d'v-
ne nuée de vices : car leur malice les a aueu-
glés, & pource l'Apostre dict que plusieurs
ont erré en la foy, à cause d'auarice: occasion
pourquoy elle n'est point sans raison appellée d'iceluy le seruice des Idoles. Les autres
sont tombés par leur ingratitude en toute
impieté d'Idolatrie, lesquels, comme recite
le mesme, ayant congneu Dieu, ne l'ont glo-
rifié ainsi qu'il luy appartenoit. Au surplus la
volupté effrenée a tiré Salomon à la venera-
tion des idoles, & Didon aux arts de Magie.
Les vns ont esté contraincts à ce mesme par
leur superbe curiosité, & grande conuoitise
de congnoistre les choses occultes. Finale-
ment la craincte miserable qu'aucuns ont eu
du iour au lendemain a poussé les autres à v-
ser d'obseruations tressuperstitieuses & mes-
chantes, comme il est noté en Lucain du fils
de Pompée le grand, & aux Histories de plusieurs autres : de maniere qu'il aduient que
le pecheur se reculant de Dieu, il se desuoye
en plusieuss vanités & folies mensongeres:

& en fin tombant imprudemmét en vne pu
blique apoſtaſie,il ſe conuertit du tout à celuy qui eſt le pere de menſonge . Ainſi Saül
abandonné de Dieu a eſté au conſeil à vne
Pythoniſſe,à laquelle au parauant il auoit e-
ſté contraire: ainſi Ochozias ayant meſpriſé
le Dieu d'Iſrael a enuoyé conſulter le Dieu
d'Acharon. Bref il eſt de neceſſité que tous
ceuxleſquels ſont ou par foy ou par œuures
ſans le vray Dieu,ilz ſoient ainſi trompez par
vn faux Dieu. Voyant doncques ceſte nefan
de,peſtifere, & monſtrueuſe abominatió de
faulſetés inſenſées auoir pris force auecques
ſes hereſies en ce temps cy plus que de couſtume : de peur que parauenture ce Royaume treſchreſtien(lequel iadis n'a point eu de
monſtre , & Dieu le gardant , n'en aura) ne
puiſſe eſtre infecté par ce monſtre d'impieté
tant horrible & de treſpernicieuſe ſouilleu-
re : deſirans de toutes nos forces y obuier:e-
ſtans au reſte memoratifs de noſtre profeſ-
ſion , & enflambés d'vn pieux zele de la loy,
nous auons determiné de noter par le cau-
tere de condemnation aucúns articles touchant ceſte matiere,de peur que n'eſtans ob
mis,ils ne deçoiuent aucun doreſnauant,re-

26.q.7.Nö
obſeruatis.

memorans entre autres ſentences innumera
bles le dire de ce treſſage Docteur ſainct Au
guſtin , parlant des ſuperſtitieuſes obſeruati-
tions , que ceux qui croyent à telles choſes,
ou vont en leurs demeures, ou bien les in-
trodui-

troduiſent en leurs maiſons, ou les interro-
gent qu'ilz ſçachent auoir trahy la foy chreſtienne & leur bapteſme,& eſtre faicts comme vn payen,apoſtat,c'eſt à dire allant arriere de la foy,& ennemy de Dieu : & que meſmes ilz ont encouru griefuemét l'ire de Dieu
à tout iamais : ſi ce n'eſt qu'aucun d'iceux, e-
ſtant corrigé par penitence eccleſiaſtique , il
ſoit reconcilié à Dieu : ce dict ſainct Augu-
ſtin. Noſtre intention toutesfois n'eſt point
de deroger en quelque choſe, à toutes tradi-
tions,ſciences & arts licites & vrayes : mais
nous trauaillons tant qu'il nous eſt permis,
d'arracher du tout les fols & ſacrileges erreurs des mal aduiſez,& les brutalles manie-
res de faire,entant qu'elles offencent, ſouil-
lent & infectent la foy ſincere , & la religion
chreſtienne: à ce que la verité retienne touſiours purement ſon degré d'honneur.

Le premier article eſt : Que croire n'eſtre
Idolatrie de chercher par les arts de magie,
par malefices & meſchantes inuocations les
familiaritez, amitiez & aydes des Diables,
ceſt erreur : d'autant que le Diable eſt iugé
l'aduerſaire obſtiné , & implacable de Dieu
& de l'homme,& n'eſt apte à receuoir aucun
honneur ou domination,ſoit par participa-
tion,ſoit par appropriation,comme ſont les
autres creatures raiſonnables, qui ne ſont
point damnées, & Dieu n'eſt point honoré
en iceux,en ſigne,ou comme par quelque ſi-

gne institué selon la volonté de l'hóme, ainsi
que sont les images & les Temples.

Article second: Que donner ou offrir, ou
promettre aux Diables quelque chose que
ce soit, afin qu'ils accomplissent le desir de
l'homme: ou bien en l'honneur d'iceux, bai-
ser ou porter quelque chose, dire que ce
n'est point Idolatrie, erreur.

Art.3. Que faire accord auec les Demós,
tacite ou expres, ce n'est point Idolatrie, ou
espece d'Idolatrie & apostasie: errenr. Et no°
entendós dire qu'il y a pact implicite en toute superstitieuse obseruation, de laquelle l'ef
fect ne se doit raisonnablement attendre de
Dieu ou de nature.

Art.4. Que vouloir enclore, contraindre
& reserrer par les arts de Magie les Demons
en pierres, anneaux, miroirs, ou images con
sacrées en leur nom: ou vouloir icelles viui-
fier, ce n'est point Idolatrie: erreur.

Art.5. Qu'il est licite par arts magiques ou
autres superstitions deffendues de Dieu ou
de l'Eglise, faire quelques choses pour quelque bonne fin: erreur: car selon l'Apostre, il
ne fault faire mal, afin qu'il en vienne bien.

Art.6. Qu'il est licite, & doit estre permis
de chasser les malefices par autres malefices:
erreur.

Art.7. Que quelqu'vn puisse dispenser vn
autre en quelque cas que ce soit, à licitement
vser de ce, erreur.

Art. 8. Que les arts de Magie & semblables superstitiós, & leurs obseruations soiét sans raison prohibées de l'Eglise:erreur.

Art.9. Que Dieu soit induit par art magique & malefices à contraindre les Diables d'obeyr à ceux qui les inuoquent:erreur.

Art.10. Que les ensencemens & suffumigations qui se font en l'exercice de telles arts & malefices soient à l'honneur de Dieu, ou qu'ils luy plaisent: erreur & blaspheme: car Dieu autrement ne les deffendroit ou puniroit pas.

Art.11. Que vser de telles choses & en telle maniere n'est pas sacrifier ou immoler aux Diables, & par consequent idolatrer à damnation : erreur.

Art.12. Que les parolles sainctes,& quelques oraisons deuotes, les ieusnes & bains, la continence corporelle aux enfans & autres:la celebration de la Messe,& autres œuures,qui sont de soy bónes,lesquelles se font pour exercer telles arts,les excusent de mal, & plustost ne les accusent: erreur. Car par ce on s'essaye d'immoler aux Diables les choses sacrées : mais qui plus est Dieu mesme en la saincte Eucharistie, & le Diable procure ce: car en ce il veult estre honoré ainsi que le Souuerain, ou pour cacher ses tromperies, ou pour plus facilement enlaçer les simples, & les perdre plus damnablement.

Art. 13. Que les saincts propheres & autres ayent eu par telles arts leurspropheties, & ayent faict des miracles ; ou ayent chassé les Diables:erreur & blaspheme.

Art.14. Qu'il est possible de contraindre par telles arts le liberal arbitre de l'homme, à faire la volonté ou le desir d'vn autre, erreur : & s'efforcer de ce faire est impieté & grande meschanceté.

Art.15.Que pource ces arts susdictessont bonnes & de Dieu, à cause qu'il est licite les obseruer,d'autât que par icelles souuent aduient comme desirent ou predisent ceux qui vsent d'icelles, ou pource que aucunesfois quelque bien sort d'icelles mesmes:erreur.

Art.16. Que les Diables sont vrayement contraincts & poussez par telles arts,& que plustost ilz ne feignent ainsi d'estre côtraints pour deceuoir les hommes: erreur.

Art.17. Que par telles arts & façons im-pieuses,par sortileges,par charmes, par in-uocations des Diables,par certains change-més de visage,& autres malefices, nul effect iamais s'ensuyt par le ministere du Diable: erreur. Car Dieu permet quelque fois telles choses aduenir,côme appert aux Magiciens de Pharaon, & souuent autrepart, ou pour experimenter les fideles, ainsi qu'il est escrit en Deuterono. 13. ou pour digne punition d'aucuns hommes : ou pource que ceux qui en abusent, ou les consultent, sont donnez en sens reprouué, & meritent d'estre ainsi trópez, à caufe de leur foy maligne, ou pour autres pechez non à raconter.

Art. 18. Que les bons Anges foient enclos en quelques pierres, & qu'ilz confacrér aucunes images ou veftemés, ou bien qu'ilz facent autres chofes contenues en telles arts erreur & blafpheme.

Art. 19. Que le fág d'vne huppe ou de bouc ou d'autre befte, ou du parchemin vierge, ou du cuir de Lyon, & femblables, ayent quelque vertu, pour contraindre ou dechaffer les Diables, par l'ayde de cefdictes arts: erreur.

Art. 20. Que les images d'airin, ou de plób ou d'or, ou de cire blâche, ou rouge, ou d'au tre matiere, eftans baptifées, exorcifées, & confacrées (mais pluftoft maudictes) felon les fufdictes arts, & fouz certains iours, ayét les vertus admirables, qui fònt récitées és liures qui traictent de telles arts : erreur en la foy, en la Philofophie naturelle, & en la vraye Aftrologie.

Art. 21. Que ce n'eft pas Idolatrie & infidelité vfer de telles chofes, & y adioufter foy erreur.

Art. 22. Qu'il y a aucûs Diables bons, aucuns benius, les autres qui fçauent tout, les autres ny fauuez ny damnez: erreur.

Art. 23. Que les enfençemens ou parfuns qui fe font en telles operations font conuertiz en efprits, ou qu'ilz leurs foient deus; erreur.

Art. 24. Qu'il y a vn Diable & Demon
Roy d'Orient, principallement par son merite: vn autre d'Occident, vn autre de Septé
trion, vn autre de Midy: erreur.

Art. 25. Que l'intelligence qui faict mou-
uoir le Ciel aye quelque influence en l'ame
rationelle, cóme le corps du Ciel a au corps
humain: erreur.

Art. 26. Que noz pensées intellectuelles,
& noz volitions & volótez interieures sbiēt
immediatement causées du Ciel: & que par
certaine tradition magique elles se peuuent
congnoistre: ou qu'il soit licite iuger certainement d'icelles par ceste tradition:erreur.

Art. 27. Que par aucunes arts de Magie
nous puissions paruenir à la vision de la diui
ne essence, ou des saincts esprits: erreur.

Ces determinations ont esté faictes, & a-
pres vne meure & frequente examination
entre nous & noz deputez ont esté conclues
& arrestées en nostre generale assemblée à
Paris aux Mathurins, le matin, estant special
lement de ce requis. l'an 1398. le 19. iour du
moys de Septemb. En foy dequoy nous a-
uons estimé bon mettre à ces presentes lettres le seau de la susdicte faculté.

Fin de ce present liure.

IE F. François Horace, Docteur en Theologie, de la faculté de Paris, ay visité tout ce present Traicté, contre les Magiciens, Sorciers, Deuins, & semblables, & n'y ay trouué chose contre la foy catholique Romaine, mais bien doctrine de plusieurs Anciens, & ingenieux discours, digne d'estre Imprimé, & communiqué au monde, contre les erreurs qui auiourd'huy pullulent par tout le Christianisme. Tesmoin mon signe manuël icy mis. Faict à Paris le 18. de Mars. 1578.

F. *François Horace.*

EGo subsignatus Doctor regens in sanctissima Theologiæ facultate necnon parochus Ecclesiæ parochialis sancti Petri de arciis in ciuitate Parisiensi, fidem facio hac tabula, me perlegisse præcedentem tractatum corruptos nostri temporis mores graphicè depingentem, & galliam nostram à magicis artibus: vindicare conantem: quemquidem dignum qui typis excudatur reperi. Datum die vigesima secūda mensis Martij. Anno domini millesimo quingentesimo septuagesimo octauo.

Ferry.